do Fiacc—buanchara

An Chéad Eagrán 2012
© Seán Mac Mathúna 2012

ISBN 978 0 898322 63 6

*Ní thagraíonn aon phearsa ficseanúil sa scéal seo
d'aon duine sa saol réadúil.*

Clóchur, dearadh agus pictiúr clúdaigh: Caomhán Ó Scolaí
Buníomhá clúdaigh: Zena Holloway
Clódóireacht: Clódóirí Lurgan

Foras na Gaeilge
Tugann Foras na Gaeilge tacaíocht airgid do Leabhar Breac

Tugann An Chomhairle Ealaíon tacaíocht airgid do Leabhar Breac

Leabhar Breac, Indreabhán, Co. na Gaillimhe.
Teil: 091-593592

Gealach

Úrscéal le
Seán Mac Mathúna

LEABHAR
BREAC

Bhí muintir La Tour ag cuimhneamh ar bhricfeasta a ithe. Bhí an doras ar leathadh sa chistin, mar is gnáth, mar maidin i mí an Mheithimh a bhí ann, cuíosach gaofar, ach gan a bheith ina stoirm go fóill. Gan aon choinne bhuail Gealach, príomhláir na feirme, isteach an doras agus dhein caol díreach ar an dtóstaer agus bhain, de shnapadh, píosa mór tósta as. Dhein na fiacla cnagadh ceart ar an dtósta san. Bhéic gach éinne, ach níorbh aon iontas mór é, mar ba mhinic cheana an cleas céanna déanta aici.

'Cuir amach láithreach í,' arsa Bill, fear an tí agus athair an chúpla, Jack is Liz, 'agus isteach sa tréiléar léi, mar ní féidir leis an tréadlia teacht anseo. Caithfimidne dul chuige.'

D'fhéach gach éinne ar Ghealach, capall mór bán. Bhí crúba buí uirthi agus pus bándearg, agus ní raibh sí bán amach is amach — leathshlí idir sneachta is ceo, abair.

D'fhéach Gealach ar ais ar an dtriúr. Capall mór ba ea í, ach inniu bhí sí beagáinín níos mó, mar bhí sí ag iompar, agus bhí súil ag gach éinne leis an searrach aon lá anois.

7

Thugadar amach go dtí clós na gcapall í — bhí feirm mhór capall ag muintir La Tour i Nova Scotia i gCeanada. Agus bhí an ghaoth ag neartú.

Thosaigh na capaill eile a bhí istigh ina stáblaí ag féachaint amach thar na doirse gorma orthu, mar bhí a fhios acu go raibh Gealach ag dul in áit éigin agus bhí siad in éad léi.

'Seo, brostaigí oraibh,' arsa Bill. 'Seo, a Jack, cuir an blaincéad uirthi agus, a Liz, a chroí, cuir isteach sa tréiléar í.' Ach ní raibh Liz sásta leis an mblaincéad a bhí caite ag Jack ar Ghealach.

'Capall ráis í seo, a Jack,' ar sise leis. 'Caitheann tú í a ghléasadh i gceart.' Bhí an blaincéad ar dhath an óir agus bhí lásaí dubha air. Cheangail sí na lásaí i gceart, ansin chuaigh siad go léir i mbun oibre chun an capall a chur isteach sa tréiléar, ach bhí rud éigin ar Ghealach — sórt leisce — agus ní rachadh sí isteach.

'Tá sí neirbhíseach inniu,' arsa Liz, 'bhraith mé é sin uirthi go luath ar maidin.'

'Jane, cabhraigh linn,' arsa Bill de scread. Tháinig Jane, máthair a chéile, amach as an teach. Stad sí in aice an chapaill agus scrúdaigh sí Gealach ó bhun go barr. D'fhéach sí ar shúile an chapaill. 'Tá eagla uirthi,' arsa Jane. 'Cén fáth?'

D'fhéach Bill ar Ghealach go ceisteach agus rith sé a lámh ar a droim.

'B'fhéidir go bhfuil sí chun breithe inniu,' arsa Jack.

'Níl,' arsa Bill. 'Tá seachtain eile aici.'

'A Dhaid, ná dearúd gur bronntanas lae breithe dúinne an searrach. Táimid a ceathair déag.'

'A ceathair déag ag déanamh ar a cúig déag,' arsa Jack.

'Tig libh aire a thabhairt don searrach nuair a thagann sé, ach má dhíolaimid é is leis an bhfeirm seo é. Gheobhaidh sibh smartfón an duine nuair a bhéarfaidh sí.'

Bhí tost fada sa chlós, agus madra ag amhastraigh i bhfad ón áit. 'Tá go maith,' arsa Liz, 'ach i-fón, led' thoil.'

'Ok, tá sé ina mhargadh, a Dhaid, i-fón.'

'Pé rud a deireann sibh. A Jack, cuardaigh an tréiléar féachaint an bhfuil francach sa tuí.'

Léim Jack isteach sa tréiléar is ghlan sé amach an tuí. Ní raibh francach ann. Díreach ar an nóiméad sin is ea a chuala siad na hadharca ceo ag séideadh ó Bhá Fundy.

'Tá ceo chughainn,' arsa Liz.

'Agus stoirm,' arsa Bill. 'Tá go maith, seo libh anois, sinn go léir le chéile.' Leis sin, bhrúigh siad go léir an capall isteach sa tréiléar agus dhún siad an doras uirthi. Léim Bill agus an cúpla isteach sa jíp Cherokee agus ghluais siad leo.

'Beidh an dinnéar ullamh nuair a thagann sibh ar ais,' a scread Jane ina ndiaidh.

D'imigh siad leo síos an bóthar. Ar gach taobh bhí páirceanna agus capaill iontu. Bhí Gealach sa tréiléar — tréiléar oscailte a bhí ann — agus radharc aici ar na capaill eile go léir. Sa chéad pháirc bhí trí Appaloosa agus an ghrian ag taitneamh ar a gcuid spotaí dubha. Stop siad den ithe is d'fhéach siad ar Ghealach. D'fhéach Gealach ar ais orthu. Lean siad ag féachaint ar a chéile.

D'fhéach Liz orthu ón gcábán. An raibh na capaill seo ag caint, an cheist a chuir sí uirthi féin.

Bhí capall Andalúiseach sa chéad pháirc eile agus an rud céanna ar siúl aici. Ansin léim an tAndalúiseach ar a dhá chois deiridh agus lig Gealach seitreach aisti féin. Bhí ionadh ar Liz. An raibh na capaill seo ag caint le chéile? An raibh scéal éigin acu an mhaidin seo?

Bhí Bill ag caint. 'Tá an ceart agaibh, tá eolas ag capaill nach bhfuil againne.'

'Tá,' arsa Jack, 'deirimid "ciall capaill".'

'Sea,' arsa Bill, 'fadó casadh Indiach orm, in aice Takawassat, Indiach de chuid an náisiúin Micmac. Bhí a lán eolais aige ar chapaill. Dúirt sé gur chreid a náisiún féin go raibh duine faoi ghlas istigh i ngach capall.'

'Duine i ngach capall!' arsa an cúpla le chéile.

'Rud éigin mar sin,' arsa Bill. 'Níl a fhios agam, níl aon eolas agam ar aon rud ach ar chapaill.'

Díreach ar an nóiméad sin chonaic siad capaill istigh i bpáirc in aice leo, Morgain a bhí iontu agus thosaigh siad ag seitreach láithreach agus Gealach á bhfreagairt.

'A Dhaid,' arsa Liz, 'seans go bhfuil an ceart agat. Tá sé ait ach nuair a fhéachann tú isteach i súil capaill ceapann tú go bhfuil rud éigin ag féachaint amach ort.'

'Tá sé sin scanrúil,' arsa Jack.

'Inseoidh mé rud amháin daoibh faoi shúile capaill,' arsa Bill, 'agus tá sé fíor, siad súile na gcapall na súile is mó ar domhan — agus an míol mór san áireamh. Sin rud nach bhfuil a fhios ag daoine.'

'Féach an stoirm sin!' arsa Liz. D'fhéach siad go léir an treo eile amach ar an bhfarraige, Bá Fundy, agus chonaic siad na tonnta móra a bhí ag briseadh ar an dtrá.

D'fhéach Bill ar a uaireadóir. 'Táimid déanach. B'fhéidir go dtógfaimid an feirí. Féach thíos í, agus teach an tréadlia trasna na habhann uainn.' Ghluais siad síos go dtí an feirí. Ní raibh slua ag feitheamh léi, ach foireann amháin haca, cailíní ar fad gléasta in éide dhearg, agus spórt ar siúl acu; trí tharracóir feirme, agus dhá ghluaisteán.

Thóg siad Gealach as an dtréiléar agus shiúil siad síos léi go dtí an feirí. Ach bhí fadhb acu. Bhí an rud céanna ar Ghealach arís. Bhí sórt eagla uirthi, agus ní rachadh sí ar bhord an bháid. Chun an scéal a dhéanamh níos measa tháinig ceo an-ramhar isteach ón bhfarraige agus dhorchaigh sé an lá orthu. Chloisfeá na cailíní haca, ach ar éigean a d'fheicfeá iad.

Tháinig fear an bháid amach agus chabhraigh sé le muintir La Tour an láir bhán a bhrú isteach sa bhád. Faoi dheireadh d'éirigh leo. Bhí Gealach ina seasamh istigh sa bhád ach ba léir go raibh eagla uirthi. Ní raibh ráillí ar an bhfeirí, agus dá bhrí sin bhrúigh Bill í isteach go lár an bháid. Bhí sí ag féachaint díreach isteach sa cheo a bhí ag teacht ón bhfarraige.

'Féach ar a cluasa,' arsa Bill. Ní raibh na cluasa ina seasamh mar ba chóir, ach iad sínte le barr a cinn. 'Is ansin atá an eagla, sna cluasa.'

Shiúil Jack sall chuici agus chimil sé an clúmh ar a clár éadain lena mhéar. 'Nach fíor, a Dhaid, go mbéarfaidh sí an searrach roimh am má bhíonn eagla uirthi?'

'Tá an baol sin ann,' arsa Bill, 'ach níl inniu.'

Bhí Liz ina seasamh in aice leis agus í ag féachaint isteach i súile an chapaill. 'Feicim é!' ar sise de scread. 'Feicim an rud atá istigh sa chapall.'

'Ná bí amaideach,' arsa Jack. 'Tá capall istigh sa chapall agus sin deireadh leis.'

Bhuail fear an bháid a chlog agus ghluais an feirí amach san abhainn. Chuaigh Jack ag caint leis. Chuaigh Liz suas go dtí Bill agus rug sí ar láimh air.

'A Dhaid, a chroí, ba mhaith liom cúpla focal a bheith agam leat.' Chroith Bill a cheann ach níor fhéach sé uirthi. Ach ba léir go raibh an cailín bocht buartha. 'A Dhaid, níor labhraíomar ar … uirthi le mí anois. Ba mhaith liom é go mór dá bhféadfaimis cúpla nóiméad a chaitheamh le chéile....'

'Sea, sea, a chroí. Caint, comhrá, pé rud atá uait, beidh sé againn. Mise a rá leat, mise is tusa. Ach ní anois, a stór. Táimid gnóthach.'

'Sin é díreach an rud a dúirt tú an uair dheireanach, a Dhaidí, a chroí, mí ó shin,' agus bhí a guth rud beag gearánach. 'Tá go maith,' ar sise, 'muna labhraíonn mo dhaid liom labhróidh mo chapall liom,' agus chuaigh sí suas go dtí Gealach is phóg sí a pus bándearg.

Níor fhéach Bill uirthi mar is ar an uisce a bhí sé ag féachaint ach bhí an ceo chomh trom sin nach bhfaca sé an t-uisce.

Ghluais siad leo agus crónán deas socair ón inneall

go dtí go raibh siad i lár na habhann. Go hobann léim fear an bháid suas is scread sé, 'Ar chuala sibh rud éigin?'

D'fhéach gach éinne isteach sa cheo agus d'éist siad. 'Chuala mé clog,' scread Jack. Léim fear an bháid ar ais go dtí a chlog féin is thosnaigh sé á bhualadh go tapaidh.

Ansin scread Jack an dara huair, 'ó, a Thiarna,' ar seisean, 'féach chugainn!'

D'fhéach gach éinne is scread siad! Feirí eile! Bhuail an dá bhád a chéile. Scread an bheirt chaptaen ar a chéile. Scread arís is arís. Chuala gach éinne rudaí ag titim isteach san abhainn. Ansin gan stró ar bith d'imigh an feirí eile agus bhí gach rud ciúin arís amhail is nár tharla aon rud.

'An bhfuilimid fós ar snámh?' arsa Bill agus é ag leath-gháirí.

'A Dhaid, a Dhaid,' scread Liz, 'cá bhfuil Gealach?'

'Gealach?' arsa Bill, 'Gealach, Gealach?' Rith gach éinne timpeall agus 'Gealach, Gealach,' á rá acu. Ní raibh tásc ar Ghealach bhocht.

'Thit sí isteach san uisce!' arsa fear an bháid. Chruinn-igh an triúr La Tour le chéile is d'fhéach isteach i nduibhe na habhann.

'Má thit sí isteach,' scread Bill, 'tá sí imithe le sruth.'

'Má tá sí imithe le sruth beidh sí sa bhfarraige gan aon mhoill,' arsa Jack.

Sheas an clúmh ar mhuineál Bhill.

Bhí Jack ag rith leis síos bruach na habhann. Bhí Liz ag

rith síos an bruach eile. Bhí an ceo chomh trom sin nach bhfaca siad a chéile ach chuala siad na screadanna, 'Gealach, Gealach!' Shrois siad an trá. Ní raibh aon rud ann ach gaineamh, tonnta, dumhcha is macalla na farraige i ngach áit. Ní raibh rian capaill ar an ngaineamh in aon áit. Chuardaigh siad na dumhcha, agus rith siad tríothu, agus ní bhfuair siad mar thoradh ar gach 'Gealach, Gealach!' ach macallaí. Ní raibh sí in aon áit.

Tháinig Bill síos go dtí an trá. Cé go raibh an ceo fós trom chonaic siad go raibh scanradh air — agus an aghaidh chomh bán sin aige. Sheas an triúr le chéile, Bill is a dhá láimh timpeall orthu, is d'fhéach siad amach ar an bhfarraige, ar na tonnta, agus ar an gceo a bhí ag rith roimh an ngaoth. Bhí gach rud dorcha. Bhí gach rud fuar. Bhí gach rud fliuch.

'Sea, a Dhaid,' arsa Jack, 'cad a dhéanfaimid anois?'

Níor fhreagair Bill go ceann tamaill agus nuair a labhair ní dúirt sé ach, 'rachaimid abhaile is dócha, agus ... agus ... ag....'

Ach bhí siad san áit mhícheart mar bhí Gealach fós san abhainn ag iarraidh snámh a dhéanamh. Nuair a thit sí isteach san abhainn ón bhfeirí an chéad rud a dhein sí ná cúpla buicéad uisce a shlogadh. Ag an bpointe seo ní raibh sí ag slogadh uisce nuair a chuala sí an cúpla ar an dtrá. Dhein sí seitreach láithreach ach bhí glór na dtonn rómhór — níor chuala siad í. Ansin rith an abhainn isteach sa bhfarraige agus thosaigh na tonnta á bualadh. Ní raibh Gealach bhocht riamh in abhainn — ní raibh sí riamh sa bhfarraige. Mheas sí go raibh deireadh tagtha lena saol.

Chuaigh siad ar ais abhaile. Stad siad ag an ndoras. Cad a déarfaimid le Jane? Jane a thug gach éinne uirthi. B'in riail a haon sa teach, gan cead ag éinne an M-fhocal — Mamó — a úsáid. Bhrúigh Jack an doras isteach ach ní rachadh an chomhla isteach mar bhí an t-adhmad lán de bháisteach an gheimhridh.

'Tá an áit seo ag titim as a chéile,' arsa Jack.

Bhrúigh an triúr an doras isteach agus isteach leo sa chistin, áit a raibh Jane cois tine ag ól caife. Bhí boladh caife ar an aer agus bhraith daoine níos fearr. Giúis a bhí sa tine agus bhí sí ag geonaíl.

Sheas an triúr ag an doras agus d'fhéach siad ar a chéile, ansin ar Jane. D'fhéach Jane ar an dtriúr agus bhraith sí láithreach go raibh rud éigin cearr. D'éirigh sí suas as an gcathaoir agus d'fhéach orthu.

'Duine, beirt, triúr, agus mise ceathrar, táimid go léir anseo.'

'B'fhéidir nach bhfuil,' arsa Bill. Lean an teannas. D'éirigh an cat buí is bhain síneadh as féin. Ansin d'éalaigh sé leis amach as an gcistin.

'Bhí timpiste ghluaisteáin agaibh?' Thit ciúnas teann orthu go léir. Lean Jane ag féachaint orthu.

'Gealach,' arsa Liz, 'bádh í!'

Leath a béal ar Jane agus thit an cupán as a láimh is rolláil sé trasna urlár na cistine gur stop cos an bhoird é. 'Gealach! Báite!'

'Jack,' arsa Bill, 'faigh branda do Jane go tapaidh.' Seo le Jack sall go dtí an bord falla is bhain an corc de bhuidéal. Dhein an corc glór domhain meánmharach. Líon sé amach gloine mhór is thug do Jane é. B'in gloine a fuair slogadh na lachan. D'éist gach duine leis an lacht ag dul siar ina scornach.

'Gealach,' arsa Jane, 'láir mhór na feirme seo! An bhfuil a fhios agaibh cé chomh tábhachtach is a bhíonn an láir mhór, an phríomhláir? Tá an fheirm agus an áit seo ag brath....'

'Tá a fhios agam,' arsa Jack. 'Ní hamháin go bhfuil an áit ag titim as a chéile, ach táimid briste. An é sin an rud ata a rá agaibh?'

Phléasc Liz amach ag gol. Níor chuaigh éinne in aice léi agus lean an gol. Tar éis tamaill shiúil Jane chomh fada léi is rug sí barróg uirthi. Lean an gol — ach pusaíl goil ba ea é — go dtí nach raibh ann ach pusaíl. Bhí pusaíl ok.

Ina dhiaidh sin thosaigh an ciúnas ba mhó a bhí riamh i dteach La Tour. Bhí a fhios ag gach éinne nach raibh Bill ag caint — rud a chuir eagla orthu, mar nach bhfaca siad riamh mar seo é cheana. Go dtí gur labhair Jane ar deireadh.

'Báite? Cé a chonaic í ag dul faoi uisce? Cé a chonaic corpán?'

'Tá an ceart agat,' arsa Liz. 'Ní fhacamar aon rud mar bhí ceo trom ann.'

'Tá go maith, ní fhaca sibh báite í,' ar sise in ard a cinn. 'Dá bhrí sin níl sí báite!'

'An ceart ar fad agat, a Jane,' arsa Liz. Fórsa ba ea an bheirt bhan fén am seo.

'Bádh í,' arsa an guth tobann. D'fhéach gach éinne ar Bhill. 'Thit sí isteach san abhainn. Ritheann an abhainn isteach i mBá Fundy. Tá stoirm i mBá Fundy. Tá na taoidí is mó agus is aoirde sa domhan i mBá Fundy. Níl seans ag aon rud, go mórmhór capall atá ag iompar searraigh. Dein dearúd ar do chapall. Bádh í.'

Bhí a aghaidh in aon chlár liath amháin, agus cuma cheart bhreoite air, rud a chuir eagla ar Jack.

'A Dhaid, bíodh gloine branda agat?'

'Ní bheidh,' arsa Jane de scread. D'fhéach gach éinne uirthi ach Bill. Bhí súile Bhill ar an dtalamh.

'Gaibh mo leithscéal,' arsa Jane, 'ach is liomsa agus is domsa an branda — mar tá slaghdán orm.'

Bhí na hadharca ceo ag séideadh arís — agus an seomra ar crith leis an bhfuaim. Amuigh sa chlós chuir siad an dá mhadra ag amhastraigh.

'A Dhaid,' arsa Jack, 'b'fhéidir nach bhfuil sí báite. Fós! B'fhéidir rud éigin ... rud ... aon rud ... ach b'fhéidir nach bhfuil sí fós ... báite.'

Níor fhreagair Bill.

Díreach ar an nóiméad sin bhí Gealach ag troid leis na farraigí móra i mBá Fundy agus a croí ina béal aici. Ní raibh sí ina haonar mar in aice léi bhí crann mór ag casadh sna tonnta agus in éineacht leis bhí boscaí, bairillí, agus cláracha adhmaid. In aice leis an gcrann bhí asal báite, agus i ngach áit mórthimpeall orthu bhí úlla dearga ar snámh mar bhí an stoirm tar éis leoraí lán d'úlla a thiomáint isteach i mBá Fundy. Bhí níos mó ná tonnta ag cur eagla uirthi, na hadharca ceo ba mheasa. Nuair a chuala sí iad ba é an chéad rud a rith isteach ina haigne ná ainmhí mór a bhí ar tí í a ithe.

Tháinig sí in aice baoi a raibh clog air. Ní raibh a fhios aici go raibh clog air go dtí go dtáinig tonn mhór orthu agus gur bhain sí cling mhór as an gclog. Chuir sé Gealach bhocht ag léimneach as an bhfarraige le heagla. Ach lean sí ag snámh mar ní raibh rogha aici. Go dtí gur chuaigh sí ceangailte i líon iascaigh — a bhí míle ar fhaid má bhí sé orlach in aon chor. Agus ní raibh sí ábalta ar éaló as. Tháinig scanradh uirthi agus rinne sí seitreach fhada bhrónach, mar ag an am céanna bhraith sí an searrach ag bogadh ina bolg. Agus thuig sí go mbáfaí an searrach dá dtiocfadh sé anois. Seitreach bhrónach eile.

Thug an líon ar aghaidh í. Cén áit ar aghaidh? Ar aghaidh — tá an fharraige fairsing. Bhí an fuacht chomh holc sin nár bhraith sí a cosa níos mó.

Tháinig tonn an-mhór. Chonaic Gealach ag teacht í. Bhí sí chomh hard le cnoc agus an barr bán briste, agus thit sí anuas ar an gcapall agus scread sí, agus chlúdaigh sí an capall bocht agus d'ól sí cúpla buicéad uisce. Nuair a d'imigh an tonn chaith sí aníos cúpla buicéad den uisce céanna. Ach bhí sí ag an deireadh. Ní raibh aon neart sna cosa níos mó. Agus sna súile ní raibh ach scanradh. Agus bhí sí chomh lag sin nach raibh seitreach fanta inti.

'Jane, ní thuigeann tú, bhíomar ag caint le Garda an Chósta. Dúirt siad linn go bhfuil sí báite,' arsa Bill.

'Garda an Chósta!' arsa Jane, 'An raibh siad ann? An bhfaca siad Gealach? An bhfaca siad ag dul faoi uisce í?'

Níor fhreagair sé í. Agus ba léir anois go raibh an cúpla ar thaobh Jane. 'Sea, a Dhaid,' arsa Jack, 'tá an ceart aici. Tá seans ann go bhfuil Gealach fós amuigh ansin sa bhá, ag déanamh a díchill chun fanacht ar snámh.'

'Tá, a Dhaid, agus súil aici linne,' arsa Liz.

Níor fhreagair sé iad. Lean an ciúnas, lean an tost.

'Taispeáin dom corpán capaill agus creidfidh mé tú, a Bhill, a chroí, corpán lán d'uisce. Cé a chonaic é sin?'

Shiúil sí chomh fada le Bill a bhí ina shuí ar an dtolg. 'Taispeáin capall marbh dom agus beidh sochraid againn. Agus déanfaidh mé gol mór,' ar sise is í ina seasamh os a chionn. Chrom sí síos in aice leis, 'an bhfuil árachas againn, a Bhill, a chroí?'

Bhain an cheist tost as an seomra. D'fhéach an cúpla air. D'fhéach seisean ar Jane. D'fhéach Jane isteach ina branda. D'éirigh Bill ina sheasamh. 'Árachas? Mo phríomhláir? Tá cinnte, bhí árachas againn i gcónaí.'

'Tá go maith, más ea,' arsa Jane. 'Téimis ag cuardach. Gheobhaimid chopper agus beidh spórt againn.'

'Chopper!' arsa Bill, agus eagla ag teacht air. 'Níl an t-air....'

'Níl an t-airgead againn, an ea? Níl againn. Ach tá agam. Bainfimid úsáid as mo chuidse airgid don lá inniu.'

'Chopper?' arsa Liz, agus gliondar uirthi. 'Ní raibh mé riamh i chopper!'

'Tá go maith. Seo linn go léir,' arsa Jane, 'agus gheobhaimid í in áit éigin, beo nó marbh. Seo libh. Cuirigí éadaí stoirme oraibh agus bímis ag gluaiseacht.'

Scaip an cúpla agus d'fhan Bill agus Jane i lár na cistine. Níor fhéach Bill uirthi go dtí gur shiúil sí suas chuige agus gur chuir sí an dá láimh timpeall air.

'Nuair a thagann an trioblóid sa saol seo,' ar sise, 'ní thagann sé ina aonar. Dhá mhí a bhí againn idir an dá thrioblóid go dtí an lá inniu.'

Níor fhreagair Bill í. Lean an ciúnas.

'Ní maith leat labhairt air, nach ea?'

Tar éis tamaill d'fhreagair sé í. 'Rud éigin mar sin. Inniu agus sinn sa bhád theastaigh ó Liz labhairt air, ach ní raibh mé ábalta.'

'Tuigim,' ar sise. 'Fág Liz fúmsa.'

Tháinig Jack agus Liz anuas an staighre agus léim siad isteach sa jíp Cherokee. Lean Jane iad agus trí cinn de chótaí ina gabháil aici. 'Liz, cad a mholann tú dom, an cóta dúghorm nó an ceann buí?'

'Buí, ceapaim, tá an dúghorm róthrom.'

Chuir Jane an cóta buí uirthi féin. 'Conas táim anois?'

'Tá sé go huafásach,' arsa Jack.

'An bhfuil?' arsa Jane agus díomá uirthi.

'Níl,' arsa Liz.

'Nach cuma?' arsa Jack.

'Ní cuma,' arsa Jane de scread. 'Ceapann tusa, a Jack, gur seanmháthair mise agus nach ceart go bhfeicfí mé in aon áit. Ní bhfaighidh tú aon dinnéar anocht. Conas a bhraitheann tú anois?'

'Tóg bog é, a Jane. Ní raibh mé ach ag magadh.'

'Tabhair dinnéar dó, ach ceann beag,' arsa Liz.

D'fhéach Jane uirthi féin sa chóta buí uair amháin eile. Ní raibh sí sásta. Rith sí isteach sa teach arís chun cóta eile a fháil. Ach nuair a bhí sí sa halla chuala sí Bill ag caint ar an bhfón. 'Conas?... Ní thuigim. Féach, a Shéamais, tá árachas agam.... Le blianta.... Ní thuig.... Sea, tá an ceart agat ... aha ... an prionta beag? Tá sé seo go huafásach ... ráillí! Níl aon rud faoi ráillí san.... Ok, féach a Shéamais, coinnigh é seo faoi rún.... Sea ... maidin amárach go luath ... ok ... go dtí sin.... Ok.'

Tháinig a croí isteach ina béal aici nuair a chuala Jane é seo—fadhb faoi árachas! In ainm Dé! Ach chuimhnigh sí ar an gcóta agus rith sí suas staighre agus seo léi ar ais le cóta dubh. Ach ní fhaca sí Bill agus í thuas staighre agus é ag baint slogadh as an mbuidéal Jack Daniels.

Chuaigh sí féin agus Bill isteach sa jíp le chéile.

'Tá an dubh go hálainn ort,' arsa Jack.

'Ródhéanach, a chroí, déan dearúd ar do dhinnéar,' arsa Jane, agus as go brách leis an gceathrar go dtí an héileaport.

Díreach ar an nóiméad sin is ea chuala Gealach na héin. Ar chuma éigin thuig sí go mbeadh talamh san áit ina mbeadh éin le feiscint. Rinne sí iarracht féachaint tríd an gceo ach ní raibh sí ábalta aon rud a fheiscint mar bhí an ceo róramhar. Ach chuala sí na héin agus thug siad misneach di. Agus ansin míorúilt bheag — tháinig tonn mhór eile agus bháigh sí an capall bocht, nach mór, ach shaor sé an capall freisin — ní raibh sí ceangailte sa líon a thuilleadh.

Bhí a lán daoine ag feitheamh le héileacaptair mar bhí a lán daoine i dtrioblóid mar gheall ar an stoirm. Bhuail Jack le hiascaire a raibh líon iascaigh caillte aige. D'inis Jack dó mar gheall ar Ghealach agus thaispeáin sé cá raibh an chuid eile den gclann ina seasamh.

'An bhean sa chóta dubh, an ea?'

'Sea,' arsa Jack. 'Téanam ort anonn chucu.'

'Ok, leanfaidh mé tú i gceann soicind,' ar seisean.

Chuaigh Jack go dtí Jane agus labhair sé i gcogar léi. 'An fear trálaeir seo, féach thall é, tá spéis aige ionat, a

Jane. An cóta dubh a dhein é déarfainn,' agus dhein sé gáire. Ní raibh Jane róshásta leis an gcaint sin agus thaispeáin sí dó é.

Tháinig an fear trálaeir gan mhoill. Sheas sé in aice Liz agus Jane.

'Al Finn is ainm domsa,' arsa an fear mór trálaeir. 'Chuala mé go bhfuil capall ráis caillte agaibh. Capall ráis, is mór an trua sin.'

'Sea,' arsa Jane, 'in áit éigin, ach ceapaimid go bhfuil sí fós beo sa bhá amuigh.'

'Beo sa bhá? Má tá sí sa bhá tá deireadh léi.'

'Deireadh?' arsa Jane agus díomá uirthi.

'Sea. Is iascaire mé agus tuigim an scéal. Deireadh. An rud a thógann Fundy ní thugann sé ar ais.'

'Tá sí beo fós. Braithim anseo é,' agus chuir sí a lámh ar a brollach.

'Tá sí marbh, chomh siúrálta is atá Al Finn mar ainm orm! Féach a mhuintir La Tour, lig dom caife a cheannach daoibh go léir.'

'An bhfuil mo chapall fós beo?' arsa Jane.

'Tá sí marbh.'

'Tá go maith, Al Finn. Slán beo leatsa is led' chaife. Seo libh a mhuintir La Tour, tá an chopper ag feitheamh linn.'

D'imigh siad agus d'fhág siad Al bocht agus a bhéal ar oscailt aige. Sheas siad sa chiú don héileacaptar agus labhair Liz le fear a bhí in aice leo. 'Bhfuil rud éigin caillte agatsa freisin, a dhuine chóir?' ar sise.

'Tá, chaill mé leoraí lán d'úlla Royal Gala. Tá súil agam go bhfuil siad imithe go deo mar tá árachas agam.'

'Bhfuil árachas againne, a Dhaid?' arsa Liz.

'Tá, tá, gan amhras,' arsa Bill, beagáinín róthapaidh.

'Seo libh,' arsa Jane, 'tá ár chopper réidh, agus ár gcapall ag feitheamh linn chomh maith.' Gan aon mhoill líon siad isteach, shuigh siad, agus cheangail siad iad féin isteach, agus seo leis an meaisín suas san aer go tapaidh.

'Ó, féach, ár dteachne!' arsa Liz agus a hanam ina béal aici le gliondar.

'Ná bac an teach,' arsa Bill. An capall atá uainn.'

D'fhéach gach éinne ar an mbá ach ní raibh faic le feiscint ach ceo tiubh ramhar i ngach áit.

Labhair an píolóta. 'Soir atá an taoide ag dul. Dá bhrí sin bheadh seans éigin againn dá rachaimis soir chomh maith. Cad is dóigh libh?'

'Táim ar aon fhocal leat ar fad,' arsa Bill. Chuaigh siad soir. Ach ba é an scéal céanna é i ngach áit — ceo, ceo, ceo.

Cheap siad go bhfeicfeadh siad rud éigin — trálaer, bád seoil, trá, tonnta móra bána. Rud éigin! Ach ní raibh thíos fúthu ach súp, súp, súp. Tháinig díomá ar Liz is rug sí ar láimh ar Jane. Bhain Jane fáisceadh as.

'Ní maith liom an cóta dubh.'

'Bhí Al Finn sásta leis,' arsa Liz, agus bhain sí fáisceadh as láimh Jane. D'fhéach Jane an-ghéar ar Liz féachaint an raibh sí ag gáire.

Lean siad ag cuardach. Ní raibh aon rud le feiscint. Rinne an cúpla iarracht ar chaint a bhaint as Bill, ach bhí sé mar a bheadh carraig ann. Rinne Jane iarracht. 'Cad a cheapann tú, a Bhill? Cá bhfuil sí in aon chor uainn?'

Tar éis tamaill labhair sé. 'A Jane, ní maith liom é a rá ach is airgead amú é seo, mar tá ár gcapaillín marbh. Táim cinnte.'

Chuir an chaint seo díomá ar na daoine eile. Labhair an píolóta leo. 'Conas a fuair sí ainm mar sin — Gealach?'

'Mar,' arsa Liz, 'sé Ré an Atlantaigh a hainm rásaíochta.'

'An féidir linn dul síos níos mó. Táimid ró-ard.'

'Tá an ceart agat, ach níl leigheas agam air. Fanfaimid anseo.'

'A Dhaid, má tá sí fós sa bhfarraige, conas a bheadh sí anois?'

'Fuar, ocras uirthi, tart uirthi, ach an rud is measa ná an searrach. Tá an t-uisce rófhuar. Béarfaidh sí an searrach sa bhfarraige.'

'Báfar é láithreach.'

'Báfar.'

'Tá sé sin go huafásach,' arsa Liz.

'Ní bhéarfaidh sí,' arsa Jane, 'agus a Bhill, a chroí, ná cuir eagla ar an mbeirt seo, ná ormsa. Éistigí liom anois. An riail a bheidh againn as so amach anseo ná Tá sí beo go dtí go bhfeicimid marbh í.'

'Tá go maith,' arsa an cúpla le chéile.

'Agus, a Bhill, a chroí, nach bhfuil oileáin bheaga i mBá Fundy? B'fhéidir go bhfuil sí i gceann de na hoileáin sin.'

Níor fhreagair Bill go ceann tamaill. 'B'fhéidir, a Jane. B'fhéidir.'

Chas Jane i dtreo an phíolóta. 'Cad a cheapann tú, a phíolóta? Bhfuil seans aici thíos fúinn? Capall fuar ocrach agus í ag iompar?'

Bhí moill leis an bhfreagra. 'Tuigim do chás,' arsa an píolóta, 'ach creidim i míorúiltí. Táimid ag feitheamh le míorúilt!'

'Ag feitheamh le míorúilt,' arsa Jane agus rinne sí gáire an-shásta.

Bhí an mhíorúilt in aici leo, ach díreach thíos fén héileacaptar. Gealach bhocht agus í préachta leis an bhfuacht agus í ag féachaint suas ar an bhfothram uafásach a bhí ag teacht ón spéir os a cionn. Ar chuma éigin thuig sí go raibh ceangal idir an fothram sin agus muintir La Tour. Bhraith sí go raibh an cúpla ann agus Bill agus Jane. Ach cén fáth nach raibh siad ag cabhrú léi? Tháinig seitreach fhada bhrónach aisti. Agus nuair a d'imigh an héileacaptar ar aghaidh, seitreach eile. Agus ansin bhí siad imithe. Agus bhí sí ina haonar arís.

Chonaic sí na húlla. Bhí tart mór uirthi. Thóg sí ceann ina béal agus nuair a bhris sí é bhain sé snapadh as an aer. Ansin ceann eile agus ceann eile, agus mar sin go dtí gur imigh a tart.

Ach ní raibh sí ag snámh níos mó, ach ag imeacht leis an dtaoide.

Chuala sí na héin arís — a lán díobh an t-am seo — agus ansin an mhíorúilt! Bhuail sí talamh fúithi. Bhuail sí cloch agus ceann eile agus ceann eile arís. Agus ansin gaineamh. Sheas sí ansin mar bhí sí róthuirseach chun siúl a dhéanamh.

Róthuirseach! Go dtí gur ghlan an ceo. Go dtí go bhfaca sí an fhaill os a comhair. Go dtí go bhfaca sí go raibh sí ar oileáinín beag. Go dtí gur bhraith sí an searrach ag bogadh istigh ina bolg! Agus bhí sí san uisce! Ba bheag nár léim sí as an bhfarraige.

Thosaigh na héin ag eitilt isteach is amach as an gceo — faoileáin bheaga bhána a raibh cosa dubha orthu is mó a bhí ann. Tugtar saidhbhéir orthu, agus kittywakes as Béarla, mar an scréach a dheineann siad ceapann daoine gur 'kitti wake' atá á rá acu. Bhí fuipíní daite freisin ann is iad isteach is amach as an gceo. Bhí an gleo a dhein na saidhbhéir ní ba mheasa ná glór na stoirme. D'fhan Gealach ina seasamh ar an dtrá, agus í rólag chun teacht nó imeacht — ach bhí teas sa ghrian agus, go mall, bhraith sí í féin ag téamh.

Ansin gan choinne chuir an searrach cic as féin arís — an turas seo níos láidre. Bhí an searrach ag teacht! Ach ní raibh an trá seo i gceart — bhí sé ró-oscailte. Shiúil sí cúpla coiscéim ar aghaidh, stop sí ansin mar bhí sí fós lag. Scaip an ghaoth an ceo agus thaispeáin an ghrian í féin. Bhraith Gealach teas. Agus ansin míorúilt eile, chuala sí uisce ag titim ar charraig. Chuaigh sí ag lorg an uisce láithreach agus, faoi dheireadh, fuair sí é, ag bun na faille móire—uisce ag teacht ina bhraon is ina bhraon agus é ag titim ar charraig a bhí i linn bheag uisce. Thosaigh sí ag ól láithreach agus níor thóg sí a ceann go dtí go raibh cúpla buicéad ólta aici. Sea, bhí an tart imithe. Ach bhí ocras uirthi anois, ocras mallaithe. D'fhéach sí ina timpeall—gaineamh, faillte, trá, farraige. Bhí eagla ag teacht uirthi mar ní raibh sí riamh chomh holc leis seo. Dá mbeadh Bill in aice léi chloisfeadh sé croí an chapaill ag bualadh, ach dá mbeadh éisteacht mhaith aige chloisfeadh sé an dara croí.

Shiúil sí timpeall ach ní raibh féar ag fás in aon áit. Díreach ag an am sin, siúd an searrach arís. Cic agus dhá chic! Seo léi go tapaidh timpeall an oileáinín ag lorg áit éigin a mbeadh fothain ann. Bhí seanbhád adhmaid ann ach bhí sé lán de thairní. Bhí dumhach bheag ghainimh ann ach bhí sé ró-oscailte. Sa deireadh tháinig Gealach ar áit. Stop sí is d'fhéach air ar feadh tamaill fhada. Pluais? Ní raibh a fhios aici. Ach an raibh rud éigin istigh ann, ainmhí éigin a d'íosfadh í? Diaidh ar ndiaidh, shiúil sí isteach. Bholaigh sí an t-aer. Aer glan, mheas sí. Ach bhí sí cúramach. Isteach léi níos faide. Go dtí go raibh sí ar fad istigh agus í ina haonar. Bhí sí ana-shásta leis an bpluais. Bhí sí glan ar fad—ní bheadh sí sásta dá mbeadh clocha ar an áit. Ní bheadh clocha oiriúnach don searrach. Ní hea. Gaineamh deas tirim a bhí ar an urlár, agus bhí an áit te. Bhí caonach ag fás ar na fallaí. Bhí an áit go hálainn. Chas sí timpeall cúpla uair. Shiúil sí amach féachaint an raibh aon ainmhí ann. Ní raibh.

Isteach léi arís agus dá mbeadh gáire ag capaill bheadh sí ag gáire.

Thosaigh an ghrian ag dul faoi agus d'éirigh na saidhbhéir as an scréachach. Chiúnaigh an fharraige. Stop na tonnta móra. D'imigh an ceo. Ghlan an t-aer. Agus seo chun an tsaoil searrachán, ainmhí nua nach bhfaca a mháthair go dtí seo agus anois bhí an t-am tagtha. Ach ní raibh aon deabhadh, lean sé de bheith ag bogadh istigh inti. Tháinig na réalta amach agus slios de ré nua soir ó dheas.

Níor shrois an searrach an domhan seo go dtí go raibh trí cinn de ghealacha ar an saol — ceann thuas sa spéir, ceann ag lonradh ar an bhfarraige, ceann sa phluais. Agus díreach ag an bpointe sin thart ar mheán oíche tháinig stailín nua ar an saol, agus é chomh dubh, chomh snasta, le hoíche spéirghealaí.

I dteach mhuintir La Tour bhí gach éinne ina gcodladh. Thug Liz an oíche sa leaba ag casadh siar is aniar. Faoi dheireadh dhúisigh sí agus d'éirigh sí agus shiúil sí isteach go seomra Jane. Bhí Jane ag srannadh.

'A Jane,' arsa Liz, ach lean Jane ag srannadh. D'ardaigh Liz na braillíní is shleamhnaigh sí isteach taobh léi. Dhúisigh Jane. 'Cad tá ort, a chroí?' ar sise.

'A Jane,' arsa Liz, 'bhí rud éigin ag caint liom, rud éigin ón bhfarraige, i dtaobh Ghealach. Tá sí ina beatha agus tá comhluadar aici.'

'Tromluí a bhí ort, a chroí. Druid isteach anseo liomsa is beidh tú i gceart.' Dhein Liz í féin a chnuchairt isteach le taobh Jane.

'Ach, a Jane, an rud a bhí ag caint liom. Tá Gealach ina beatha. Táim cinnte de. Creidim é.'

'Féach suas ansin ar an bhfalla. An bhfeiceann tú an rud sin?' agus dhírigh Jane a lámh suas ar sórt líon éisc ar an bhfalla ach é ana-bheag. 'É sin. Is *dream catcher* é. Bíonn siad ag na hIndiaigh, na Zuni, agus ní ar éisc a bheireann siad leis ach ar thromluí.'

'Cén fáth go bhfuil sé agat?'

Lig Jane osna aisti. 'Tá a fhios agat, tar éis na timpiste, bhíomar go léir gan chodladh. Fuaireas dhá cheann. Thugas ceann do Bhill.'

'Ar oibrigh siad?'

'Ceapaim gur oibrigh.'

'Jane, ní labhróidh Daid liom fén dtimpiste agus faoi Mham. Jack mar an gcéanna.'

'Ok, beidh caint an-fhada ag an mbeirt againn ar maidin faoi do Mham.'

'Ok, agus b'fhéidir gach maidin?'

'Ok, gach maidin. Agus cuimhnigh gurb í do mháthairse í, ach sí m'iníonsa í chomh maith.' D'fhéach siad ar a chéile. 'Gheobhaidh mé *dream catcher* duit.'

'Níl ceann uaim. Níl uaim ach mo mham,' arsa Liz. 'Agus bainfimid tamall as an diabhal héileacaptar úd arís maidin amárach.' Ach bhí Liz ina sámhchodladh.

D'éirigh an ghealach is lonraigh sí trí scoilt sna

cuirtíní isteach ar an mbeirt sa leaba. I bhfad ó bhaile bhí madra ag amhastraigh. Bhí an fharraige ciúin. Chomh maith leis sin bhí clog an tseanathar sa halla thíos agus tic teac breá socair uaidh. Chuir sé codladh ar Jane.

Nuair a d'éirigh an ghrian is díreach isteach sa phluais a bhí sí ag taitneamh. Las sí suas an láir bhán a bhí ina seasamh os cionn a searraigh a bhí fós ina luí. D'fhéach an searrach ar an ngrian agus ansin d'fhéach sé suas ar a mháthair. Níor thuig sé aon rud agus lig sé seitreach bheag as féin. Chrom an mháthair síos is thosaigh sí ar é a lí. Níor thaitin sé leis ach lean sí uirthi, ag lí, ag lí, ag lí gach ball dá chorp, go dtí go raibh an taobh san de glan ar fad. Ansin dhein sí é a iompú lena ceann is thosaigh ar an dtaobh eile de.

Nuair a bhí sé chomh glan le pláta thosaigh sí ar é a mhealladh ina sheasamh. Ach bhí sé ana-shásta leis an dtalamh agus níor theastaigh uaidh éirí. Sa deireadh bhrúigh sí lena ceann é agus chuir sí i gcoinne an fhalla é. Tar éis fiche iarracht eile chuir sí ina sheasamh é. D'fhan sé ansin ag féachaint ar an saol go dtí gur thit sé arís. Agus b'in an scéal a bhí ag an mbeirt acu, ag titim is ag éirí, ag titim is ag éirí go dtí, sa deireadh, gur thóg sé coiscéim agus níor thit sé. Ansin coiscéim eile agus eile agus eile agus níor thit sé. Bhí an mháthair ana-shásta ar fad leis. Shiúil sí go dtí béal na pluaise — beagnach as radharc.

Nuair a thuig an searrach go raibh sé ina aonar tháinig eagla air is thosaigh sé ag seitreach. Ach níor fhill sí ar ais. Ansin thosaigh an Mháirseáil Fhada, deich gcinn de choiscéimeanna go béal na pluaise. Thóg sé coiscéim amháin, níor thit sé. Ceann eile, níor thit. Bhí misneach ag teacht chuige. Lean sé air, coiscéim i ndiaidh coiscéime, go dtí go raibh sé ann. Agus a mháthair? D'fhéach sé ar a mháthair arís. Arbh í a mháthair in aon chor í? Ní raibh sé cinnte. Lig sé seitreach bheag as. Sa deireadh bhain sé a sine amach agus bainne breá te in éineacht leis. Sea, a mham a bhí ann gan dabht. D'fhéach sí siar air is chuala sí an slogadh agus is uirthi a bhí an bród. Sea, ba í a mháthair í gan dabht.

Bhí Gealach lánsásta a bheith ag tabhairt bainne dá searrach agus bhí sí beagnach ag seitreach le pléisiúr. Go dtí gur chuala sí an héileacaptar ag teacht — díreach os a cionn a bhí sé. Theastaigh uaithi rith amach ar an trá mar bhraith sí go raibh baint ag an bhfothram san le muintir La Tour. Bhí sí cinnte de.

'Tá trá bheag san oileán sin, a Dhaid,' arsa Liz, 'agus ceapaim go bhfaca mé rian capaill ar an ngaineamh.'

'Rón, a chroí,' arsa an píolóta. 'Is oileáinín aonair é sin. Níl ann ach carraig,' agus ghluais siad thar an gcarraig. Ach bhí Liz cinnte go bhfaca sí rud éigin.

Agus bhí an ceart aici, mar díreach ag an bpointe sin tháinig Gealach amach ar an dtrá agus d'fhéach sí suas ar an héileacaptar a bhí ag imeacht. Tháinig uaigneas mór ar an gcapall.

Bhí Bill ag glanadh amach as na stáblaí. Ach bhí a aigne in áit eile. Tháinig an jíp isteach sa chlós agus Jack á thiomáint. Stop sé in aice a athar. Ní róshásta a bhí Bill.

'Dein í a pháirceáil go tapaidh, a mhic,' ar seisean.

'Dhein mé cheana é, a Dhaid, agus níor chuir mé oiread is scríob uirthi.'

'Dein í a pháirceáil.' Dhein Jack í a pháirceáil.

'Tá súil agam nach bhfuil tú chun capall eile a chur i stábla Ghealach?' arsa Liz.

'Níl. A Jack, tá Jane ad' lorg thuas.'

Shiúil Jack suas go dtí an teach. Lean Liz é. Lean Bill ag glanadh. Chuaigh sé isteach i stábla Ghealach agus thosnaigh sé ag cartadh amach. Tar éis tamaill stad sé. D'fhéach sé ina thimpeall. Bhí póstaer mór ar an bhfalla taobh leis. Shiúil sé sall chuige is léigh sé na litreacha móra HAT TRICK CHAMPION ATLANTIC MOON agus thíos faoi bhí pictiúr de Ghealach, an marcach agus an corn ina láimh aige, an cúpla, agus Ellie, máthair an chúpla. Rith sé na súile óna bhean go dtí an capall is go dtí an cúpla. D'fhéach sé tamall fada ar an dtalamh is labhair sé os íseal. Ellie imithe, Gealach imithe agus aon lá anois an áit seo. Go hobann chaith sé an píce le falla agus d'fhág sé an áit is shiúil sé amach i dtreo na bpáirceanna.

Díreach ar an nóiméad sin bhí an cúpla ag teacht ar ais sa chlós is chonaic siad an t-athair ag imeacht i bhfeirg. D'fhéach siad ar a chéile agus ansin ar an dtalamh. Ní imní a bhí orthu. Bhí seanaithne acu ar imní. Scéal eile ba ea é seo. Bhí an t-athair i dtrioblóid agus ní raibh siad ábalta ar aon chabhair a thabhairt dó.

'A Jack, táim cinnte go bhfuil Gealach ina beatha. Ceapaim go bhfaca mé rud éigin san oileán beag inniu. Ach nílim cinnte ar fad.'

'Tá súil agam go bhfuil an ceart agat, mar má imíonn Gealach imeoidh an fheirm seo. Níl againn ach í.'

'An fheirm! Agus an teach!'

'An teach! A Thiarna!'

'Seo, más ea, téimis ag cuardach ar na rothair. Rachaimid go dtí Sandy Hollow, agus déanfaimid tosnú ansin.'

Am éigin an tráthnóna sin tháinig an searrach amach ar an dtrá, an-bhacach ach níor thit sé. Bhí a mháthair ag feitheamh leis an lá ar fad ach níor chuaigh sí chuige. Bhí air dul chuici. Fiche nóiméad a thóg sé air an turas sin a dhéanamh mar chuir na saidhbhéir eagla air. Ach bhí sé ana-shásta nuair a bhain sé amach sine a mháthar arís. Ina dhiaidh sin shiúil an bheirt acu go dtí an tobar. Ach bhí eagla ag teacht ar an máthair. Bhí sí tar éis an t-oileán a chuardach agus theip uirthi bia d'aon tsaghas a fháil. Ní raibh mórán bainne fágtha aici.

D'imigh an bheirt láithreach mar bhí an clós ag cur gruaime orthu. Ní fada a bhí siad i Sandy Hollow nuair a bhéic Liz go hobann, 'Féach thall, rian capaill, crúba capaill.' Chaith siad na rothair ar an dtrá is thosaigh siad ag rith isteach trí na dumhcha agus gach béic astu. Lean siad an rian agus bhí siad ag casadh is ag casadh leo go dtí gur tháinig siad chomh fada le trá bheag eile agus is ansin a thuig siad an botún a bhí déanta acu, mar cad a bhí rompu ach miúil mhór agus beirt gharsún ag marcaíocht uirthi. Ní dúirt siad focal ach iompú timpeall agus siúl ar ais trí na dumhcha gan focal astu.

Nuair a tháinig siad ar ais go dtí na rothair bhí na deora ag teacht ó Liz. 'Is cuma liom,' ar sise, 'tá Gealach ina beatha agus, ní amháin sin, ach, níl sí ina haonar.' Agus d'inis sí do Jack an bhrionglóid a bhí aici. 'Tá sí as an uisce agus tá comhluadar éigin aici, rud beag.'

'Asal? Nó b'fhéidir gabhar. Is maith le capaill bheith le gabhair, chuala Daid a rá.' Díreach ar an nóiméad sin thosaigh adharc ceo a bhí in aice leo ag séideadh. B'éigean dóibh teitheadh ar na rothair láithreach. Ach nuair a shrois siad an bóthar bhí Liz fós ag gol.

'Tá Mam imithe, agus tá Gealach imithe, ach ní hé sin an chuid is measa ach nach bhfuil cead agam labhairt faoi mo mham i mo theach féin. Ní féidir liom...' Bhí sí beagnach ag screadaigh, 'Ní féidir liom labhairt uirthi mar cuirfidh sé Daid ag gol agus ní theastaíonn ó Jane labhairt uirthi ach chomh beag, mar tá sí ag iarraidh dearúd a dhéanamh air. Agus tusa, a Jack, bhuel….' Agus bhain sí searradh as na guaillí.

'Ceapann tusa gur cuma liomsa ach níl an ceart agat. Is minic an gol ag cur codlata orm istoíche. Braithim uaim í, gach lá. Tá mo mháthair caillte agam, agus anois tá mo chapall imithe uaim. Agus cá bhfios ná gurb é Daid an chéad duine eile a chaillfidh mé.'

Léim Liz. 'Daid!' a scread sí. 'Níor smaoinigh mé air. Ó, a Dhia, tá an ceart agat. Daid!' Chlúdaigh sí a haghaidh lena lámha. 'An bhfuil eolas agat nach bhfuil agam?'

'Conas?'

'Bhfuil duine éigin aige?'

'Duine éigin?'

'Bhfuil bean aige, cailín? Nach dtuigeann tú?' agus bhí sí beagnach ag screadaigh.

Chuir sé seo as do Jack. 'Níor chuimhnigh mé riamh air. Níl Daid mar sin.'

'Sin a cheapann tú. Tá na fir go léir mar sin. Ó, a Dhia, tá ár ndaid ag imeacht uainn, táim cinnte de. Ní bheidh éinne againn ach Jane agus na madraí.' Agus phléasc sí amach ag gol.

'Tá an ceart agat, a Liz. Ní stopfaimid den gcuardach. Braithim go bhfuil sí ann fós agus go bhfaighimid í. Tá an ceart ar fad agatsa. Seo leat,' arsa Jack, mar beirt as an gclann chéanna, a dhaid agus a dheirfiúr, ag titim as a chéile, ní raibh sé ábalta déileáil leis sin.

D'fhéach Liz air is stop sí den ngol. 'An dóigh leat?'

'Is dóigh,' ar seisean agus d'imigh siad leo ar na rothair.

Fén am seo bhí an láir bhocht beagnach ag titim leis an ocras. Bhí a dóthain den bhfíoruisce ólta aici, ach féar a bhí uaithi. Ní raibh aon rud ag fás san oileán. Bhí feochadáin mhara ag fás thall is abhus, ach bhí siad lán de shalann. Ansin d'ith sí píosa d'fheamainn. Ní raibh sé deas ach chomh beag. Suas is anuas an trá léi agus gach seitreach uaigneach aisti. Bhí tuairim ag an searrach go raibh rud éigin mícheart mar d'fhéach sé go ceisteach cúpla uair ar a mham.

An lá ina dhiaidh sin d'imigh Jane agus an cúpla sa chiaróg bhuí agus é curtha rompu acu cuardach a dhéanamh. Stop siad ag cé bheag iascairí is labhair siad le hiascaire mór groí a bhí ag glanadh éisc i dtréiléar beag ag ceann an tsleamhnáin. Bhí éadaí ola air, iad bándearg, is bhí aghaidh air a bhí chomh crua méirscreach le seanbhróg. Bhí an taoide ag rith tríd an gcaladh beag agus é chomh glórach le habhainn. Mhínigh siad a scéal dó.

'Capall?' ar seisean go garbh.

'Láir, agus í ag iompar,' arsa Liz

'Láir ag iompar!'

'Cad é an seans a bheadh aici?'

'Seans práta i mbéal muice. Féach, a mhic, is é seo
Fundy! Aoirde seasca troigh go minic sna taoidí, níos
tapúla ná abhainn.' D'fhéach gach éinne ar an dtaoide a
bhí ag rásaíocht leis. Ansin dhírigh sé a lámh ar na héisc
go léir a bhí ar fud na deice.

'Cad a fheiceann sibh anseo?' D'fhéach siad ar na
héisc. Bhí gliomach amháin ann agus bhí sé ag déanamh
ar an bhfarraige. Bhí sé beagnach ann ach gur rug an
t-iascaire air in am, agus chaith sé isteach i mbosca é.
'Mar a dúirt, seans práta!'

Díreach ag an nóiméad san shéid adharc cheo agus
d'fhéach gach éinne amach ar an bhfarraige. 'gCloiseann
sibh an adharc sin? Tagann sé ó Cap d'Or. Ghlanfadh sé
an chéir as cluais asail! Tuigim an seanshaol seo. Nuair a
bhíonn do phort seinnte bíonn do phort seinnte.'

Shéid an adharc arís agus chas an triúr ón gcé is ghluais
thar n-ais go dtí an chiaróg. Shuigh Jane isteach agus is
í a bhí ar buile. 'Ní mar sin atá an saol. Tá dóchas ann.'

'Agus tá troid ann' arsa Jack.

'Hurá, a Jack, an ceart ar fad agat.'

'Agus tá Gealach ann!' Bhéic an bheirt eile agus ansin
an triúr le chéile. Chuir Jane an bhróg síos is gan aon
mhoill bhí siad ag déanamh ó thuaidh ar cosa in airde.

Bhí crann éigin ag déanamh go mall ar an dtrá agus
chonaic Gealach é; bhí duilliúr agus duilleoga air agus
fuair Gealach an boladh. Shiúil sí amach chomh fada leis

agus thosaigh sí ag ithe léi. Ach bhí na duilleoga róghéar. Chas sí is tháinig sí ar ais go dtí an searrach. Bhí an searrach cinnte anois go raibh rud éigin cearr ach ní raibh a fhios aige cad ba cheart a dhéanamh.

Díreach ag an bpointe sin d'athraigh an ghaoth sa chaoi go bhfuair Gealach boladh féir ó áit éigin. Ba bheag nár léim sí. Ansin boladh oinniún, boladh cabáiste, agus turnapaí, cairéad is gach rud. Féasta! Chas sí ón searrach is dhein sí rás go dtí an taobh eile den oileáinín. Stop sí is d'fhéach sí uaithi. Chonaic sí oileán eile in aice leis an oileán beag. Tháinig an searrach go dtí sine a mháthar, ach shiúil sí uaidh.

Bhí sí tirim. Níor thuig an searrach cad a bhí mícheart agus thosaigh sé ag seitrigh, os íseal ar dtús ach os ard nuair nach bhfuair sé aon bhainne. Bhí Gealach trí chéile. Cad a dhéanfadh sí? Bhí dóthain bia amuigh ansin san oileán mór agus bhí sé i gceist aici é a fháil ar ais nó ar éigean. Ach bheadh uirthi an searrach a fhágaint ina aonar — agus sin rud nach ndéanfadh aon mháthair.

D'fhéach sí uaithi ar an oileán mór. Fuair sí boladh cabáiste, agus féir. Líon sí a scamhóga leis an aer. Ansin d'fhéach sí ar an searrach. D'fhéach sé suas uirthi agus thuig sé anois go raibh rud éigin aisteach le titim amach aon nóiméad. Thit. Shiúil sí uaidh isteach san uisce agus ba ghearr go raibh sí ag snámh an cuan amach.

Bhí Bill is an bheirt ag glanadh amach ós na capaill. 'Conas teachtaireachtaí?' arsa Bill, agus a dhrom le hursain.

'Sea, i mbrionglóidí oíche. Ach uaireanta i lár an lae, amhail is go raibh duine éigin ag caint liom,' arsa Liz.

'Agus cad deireann na teachtaireachtaí seo?' arsa Bill.

'Go bhfuil Gealach ina beatha, go bhfuil sí i mbaol, nach bhfuil sí ina haonar.'

'Ach,' arsa Jack, 'an duine seo atá ag caint leat, nach mór an trua nach n-insíonn sé duit cá bhfuil Gealach?'

'Tá sí amuigh ansin agus tá sí ina beatha,' arsa Liz.

'An Micmac seo a casadh orm fadó, dúirt sé gur minic daoine ón dtaobh thall ag caint lena mháthair,' arsa Bill.

'Ón dtaobh thall? An bhfuil taobh thall ann, a Dhaid?'

'Níl aon eolas agamsa ar aon rud ach ar chapaill. Ach má tá Gealach amuigh ansin ina beatha beidh féar uaithi agus go mórmhór uisce, fíoruisce,' arsa Bill.

'Agus,' arsa Liz 'cad mar gheall ar an searrach?'

D'fhéach Bill ó Liz go Jack. 'Searrach, searrach,' ar seisean. 'Ó sea, an searrach.'

'A Dhaid!' arsa Liz go crosta leis.

'Sea, an searrach. Déarfainn go bhfuil an searrach … fén am seo….'

D'éirigh Jack ina sheasamh. Dhírigh Liz í féin, agus d'fhéach Bill ó dhuine go duine díobh.

'Bheadh an searrach i gceart dá mbeadh uisce agus féar ag Gealach, agus dá mbeadh Dia ann.'

'Tá Dia ann,' arsa Liz go giorraisc.

Nuair a fuair an searrach a mháthair imithe uaidh ba bheag nár chaill sé an mheabhair. Dhein sé seitreach de gach saghas, os ard is os íseal. Shiúil sé is stop sé, is shiúil sé is stop sé, agus i gceann cúpla soicind bhí sé ag rith thall is abhus. Ansin tharla rud uafásach. Thit sé. I lár na trá móire, é ina aonar, gan mháthair. Dhein sé iarracht éirí, ach theip air. Ansin chonaic sé rud a chuir a chroí ag rith. Ainmhí mór ag déanamh anuas air, ainmhí ón bhfarraige. Lig sé béic thruamhéileach as, ach má dhein níor stop sé an t-ainmhí. Lean an rón caol díreach ar aghaidh. Nuair a bhí an rón beagnach anuas air tháinig an oiread sin sceoin ar an searrach gur léim sé suas ina sheasamh. Uaidh féin! Gan cabhair a mháthar! Bhí áthas air ach níor dhearúd sé an sceon. Seo leis de léimeanna beaga thall is abhus, agus sa deireadh fuair sé é féin ag an dtobar.

Bhí beagán uisce fós ann. Ní raibh ólta aige féin go dtí sin ach bainne ach ag an am céanna ba chuimhin leis an slogadh a bhain a mháthair as an lochán beag. Chuir sé a phus san uisce. Bhí sé fuar. Ach bhí sé fliuch. Nach in a bhí uaidh! Bhlais sé arís de, agus arís, agus ba ghearr go raibh a scornach ag preabadh leis an slogadh. Sa deireadh bhí sé breá sásta. D'fhéach sé ina thimpeall. Ní raibh a mháthair ann. Bhí rud éigin cearr!

Ach ní raibh sí go léir imithe. Mar ag an nóiméad sin chífeá a ceann amuigh sa bhfarraige agus é buailte suas leis an ngrian a bhí ag dul faoi. Bhain an fuacht gach cnead aisti agus anuas air sin an t-ocras. Bhí sí ag éirí lag. Sa deireadh stop sí de bheith ag snámh bhí sí chomh tuirseach sin. Chonaic sí uaithi istigh trá mhór bhuí agus gan éinne ag siúl uirthi. Ach bhí sí róthuirseach chun snámh ann. Sin é an uair a tharla an mhíorúilt — cad a tháinig ach tonn mhór, agus cad a dhein sí ach breith ar Ghealach agus í a thabhairt isteach ar an dtrá. Sea, bhí Gealach anois ina luí ar an dtrá agus na tonnta ag titim uirthi. Faoi dheireadh d'éirigh sí is dhein sí iarracht ar siúl. Sin é an uair a chonaic sí casán trí na cnoic ghainimh agus shiúil sí féna dhéin.

Nuair a shrois sí an casán, cad a thiocfadh amach as ach madra rua mór groí. Stop an bheirt ag féachaint ar a chéile, go dtí gur chuir an madra rua a shrón san aer is ghluais sé thart.

Ar aghaidh le Gealach agus suas an bóithrín, mar bhí boladh na bprátaí agus na gcairéad ag éirí róláidir di. Lean sí uirthi suas go dtí go dtáinig sí chomh fada le sráidbhaile. Bhí tuairim is sé cinn de thithe ann. Bhí an ghrian imithe faoi ag an am seo agus bhí scáthanna fada i ngach áit. Stop Gealach láithreach is scrúdaigh sí an áit. Chuala sí veidhlín ag seinnt i gceann de na tithe, i gceann eile doras á dhúnadh agus troid ar siúl idir bean is fear. Bhraith sí go raibh sé sábháilte dul ar aghaidh.

Faoi dheireadh tháinig sí go dtí páirc lán de ghlasraí de gach sórt, cairéid, oinniúin, turnapaí, cabáiste, meacain chorcra. Nóiméad amháin eile ní raibh sí ábalta fanacht, agus níor dhein sí ach an claí a ghlanadh agus isteach léi agus anuas ar na prátaí. Bhain sí snapadh astu, ansin snapadh as na cairéid, agus ba bheag nár thacht sí í féin leis na hoinniúin. Lean sí ag alpadh is ag ithe is ag snapadh a raibh le feiscint ann go dtí gur bhraith sí go raibh féar uaithi. Ghlan sí claí eile agus seo í ag iníor léi, féar breá bog fliuch, mungailt, mungailt, mungailt. Go hobann stop sí is chuir sí cluas le héisteacht uirthi féin. Ach ní raibh aon rud ann. Lean sí leis an mungailt.

Amach san oíche stop sí. Bhí rud éigin ag caint léi. Cad é? Go hobann thuig sí. Bhí an ghrian ag cuimhneamh ar éirí! Chas sí láithreach is ghlan léi as an bpáirc agus síos an bóithrín léi. Bhí sí an-chiúin ag gabháil tríd an sráidbhaile ach bhí siad go léir marbh ina gcodladh. Síos léi go dtí an fharraige. Bhí sí ag cuimhneamh anois ar a searrach agus a croí ag bualadh go láidir. Cé go raibh sé fuar, an-fhuar, isteach léi sna tonnta. Ach má dhein, seo léi amach arís — bhí sé chomh fuar san. Ach bhuail a searrach isteach ina haigne, agus seo léi arís sna tonnta. An turas seo d'fhan sí ann. Bhí sí láidir anois mar bhí ite aici agus níor thóg sé i bhfad uirthi an t-oileáinín a bhaint amach. Bhí an ghrian ag taitneamh ar an dtrá ach ní raibh an searrach ann. Tháinig eagla ar Ghealach is lig sí seitreach deas íseal aisti, ach fós níor bhog an searrach as an áit ina raibh sé.

Amach léi ar an dtrá agus dhein sí caol díreach ar an bpluais. Ní raibh sé ann. Seo léi go dtí an tobar. Ní raibh sé ann. Shlog sí galún as, agus ansin síos léi go dtí an trá eile. Tháinig sceon uirthi — ní raibh an searrach in aon áit. Thug sí rás timpeall an oileáinín arís, ach ní raibh sé ann. Ní raibh ach áit amháin eile, an seanbhád. Shiúil sí trasna chuige agus cé a bhí ann ina staic ach an searrach. Ba bheag nár léim sí air le háthas ach bhí an créatúr sáraithe — níor aithnigh sé a mháthair.

Bhí a cheann buailte faoi aige agus cúr lena phus agus garbhanálú ag teacht as. Sheas sí sa chaoi go raibh sé istigh fúithi is a bolg agus a sine os a chionn. Níor bhog an searrach ach é ar tí titim aon nóiméad. Ach más searrach tú níl aon rud níos láidre ná bainne na lárach, agus sa deireadh fuair sé an boladh. Chas is bhain amach an sine agus thosnaigh sé ag ól, agus chloisfeá an súrac ar an dtaobh thall den oileán. Agus Gealach? Istigh ina croí bhí rince!

Bhí Liz thíos sa bhaile mór agus í istigh in ollmhargadh. Leasmuigh de leithreas na mban a bhí sí ag ceann an chiú. Bhí cois amháin á jigeáil aici le mífhoighne agus í ag feitheamh le go n-osclófaí an doras. Bhí sí ag caint léi féin is bhuail sí cnag ar an ndoras cúpla uair. Go hobann stop an chois. Bhí sí ag féachaint uaithi amach an fhuinneog ar an siopa a bhí trasna na sráide. Cé a bhí sa siopa poitigéara thall ach Bill agus é i lár comhráite leis an gceimiceoir — ceann desna sprideanna fiáine seo a bhíonn i gcónaí san áit mhícheart. Bhí Liz dubh. Agus aithne aici ar an mbean seo. Bhí sí chun rith trasna chuici agus a cuid gruaige a stracadh, ach d'fhág Bill an siopa agus shiúil sé suas an tsráid. Ach má dhein, cé a tháinig amach ar an tsráid chun féachaint fhada chúramach a thabhairt ina dhiaidh? Ba bheag nár bhéic Liz. Bhí sí chun rith trasna chuici nuair a osclaíodh an doras agus léim bean eile isteach láithreach agus bhain plab as an ndoras. D'fhan Liz ansin agus a béal ar leathadh aici. An raibh an saol ar buile? É seo anuas ar gach rud eile!

Bhí bean fheirmeora ina seasamh i lár na páirce glasraí agus í ag béiceadh in ard a cinn. Chloisfeá thíos sa sráidbhaile í. Bhí a fear ag geata na páirce. Mórthimpeall bhí glasraí leath-ite. Thosaigh sí ag siúl ó na hoinniúin go dtí na turnapaí.

'Creachta! Sea, táimid creachta a deirim! An gcloiseann tú mé?'

'Woah, woah,' arsa an feirmeoir. 'Cad tá againn anseo?'

'Féach ar na hoinniúin. Táimid creachta. Bhfuil tú dall?'

'Sea,' arsa an feirmeoir, 'tá, tá....'

'Tá, tá, mo thóin. Bhfuil tú chun rud éigin a dhéanamh mar gheall air? Táimid creachta!'

'Bhuel, anois,' arsa an feirmeoir. 'Tá dochar....'

'Ó a Thiarna Dia, féach na meacain bhána, táid imithe. Cad a dhéanfaimid i rith an gheimhridh, sinne muintir Oileán na Coise Fada? Ní bheidh aon phióga meacan bán againn agus cáil orainn as ár bpióga meacan bán. Bhfuil tú chun rud éigin a dhéanamh?'

'A Heití, a chroí, féach anseo. Cac capaill.'

'Cac capaill air mar scéal. Bhfuil tú chun rud éigin a dhéanamh?' Fén am seo bhí muintir an oileáin go léir bailithe isteach sa pháirc. Bhí bean an fheirmeora beagnach ag gol.

'Bhí capall anseo,' arsa na comharsana.

'Bhí,' arsa an feirmeoir, 'agus níl ach capall amháin san oileán seo.'

Síos an bóithrín go dtí an sráidbhaile leis an slua go léir go dtí úinéir an chapaill aonair. Bhuail an feirmeoir cúpla cnag ar an ndoras is tháinig an t-úinéir amach. Ba bheag nár thit sé nuair a chonaic sé an slua.

'A Jedd, a chara, bhí do chapallsa im' pháirc aréir is dhein sé mórán damáiste!'

Tar éis tamaill, d'fhreagair Jedd. 'Ní dóigh liom é. Téanam oraibh.' Agus lean an slua é timpeall go dtí an stábla. Ansiúd ar an dtalamh bhí an capall agus í breoite.

'Tá sí mar sin le seachtain. Bhí an tréidlia anseo.'

'Bhuel, más ea, cad a bhí im' pháircse aréir?' arsa an feirmeoir. Chuaigh gach éinne abhaile, ach lean bean an fheirmeora ag beiceadh is ag gearán.

Bhí seift ag Jack—sé sin dul go dtí oifigí de chuid Gharda an Chósta agus tuairisc an chapaill a chur. Bhí siad tuirseach amach is amach de bheith ag rothaíocht ar fud na dúthaí ach bhíodar tagtha anois go dtí Teach an tSolais, an ceann deireanach, agus bhí súil acu go gcloisfidís rud éigin fónta.

'Má tá sí fós 'na beatha, is capall draíochta í,' arsa an coimeádaí solais. Bhíodar thuas staighre ar fad agus radharc acu ar an gcósta go léir. Bhí gaoth ag séideadh agus ana-fhothram a dhéanamh aici trí na ráillí iarainn a bhí ar bharr a' tí. Bhí gloiní acu is iad ag féachaint ar an bhfarraige mhór leathan—a chuaigh go dtí íor na spéire agus a thuilleadh.

'An bhfuil aon seans aici?' arsa Liz.

D'éirigh an coimeádaí agus d'fhéach sé amach ar an gcósta a bhí ag rith thuaidh theas. 'Seans práta i mbéal muice,' ar seisean. Lean ciúnas é sin ar feadh tamaill. 'Ach tá draíocht ann, nó bhí sí ann fadó. Tá carraig i bhfad ó dheas ansin ar a dtugtar Cameron's Spire. San aois seo caite bhuail long í agus níor éalaigh as ach fear amháin. D'fhan sé ina bheatha ar an gcarraig sin go ceann nócha lá agus gan de bhia aige ach sliogáin is uisce báistí. Mhair sé! An draíocht é sin?'

'Is draíocht é. 'gCloiseann tú é sin, a Jack? Ach ní itheann capall sliogáin.'

'Fíor duit, ní itheann. Ach dá mbeadh sí ar an míntír nó ar na hoileáin, b'fhéidir go mbeadh féar aici.'

'Ach dá mbeadh sí ar na hoileáin bheadh cloiste againn mar gheall orthu,' arsa Liz.

'B'fhéidir. Ach sa cheantar seo measann na daoine gur leo féin aon rud a thagann ón bhfarraige.'

Bhí Gealach agus an searrach ag rásaíocht a chéile ar an dtrá suas is anuas agus na saidhbhéir is na faoileáin á scaipeadh acu. Stop siad uair amháin ar imeall an uisce. Bhí dhá phortán ag siúl ar an ngaineamh agus bhí an searrach ag déanamh iontais díobh. Ach bhí ocras ar Ghealach agus ba é seo an deis a bhí uaithi. Thug sí féachaint amháin ar an searrach agus d'éalaigh léi isteach san uisce agus amach an cuan léi. Sin é an uair a bhraith an searrach uaidh í agus ní fhéadfadh sé a dhéanamh amach cá raibh sí gafa uaidh. Chuaigh sé a lorg.

Gan aon mhoill bhí sí amuigh i lár na bá ach bhí beagán ceo ann. Ach níorbh é sin a scanraigh í ach an míol mór, Míol Mór an Oighir a d'éirigh tríocha slat amach uaithi. Nuair a chonaic sí an míol mór agus an béal chomh mór le bus air bhéic sí arís is arís. Seans nár thaitin an bhéic leis an míol mar shuncáil sé láithreach, agus d'fhág sé Gealach bocht ag séideadh agus í in aon bharr amháin creatha ón eispéiris. Bhí sí chomh lag sin gur ar éigean a bhain sí trá Oileán na Coise Fada amach. D'fhan sí tamall fada ar an dtrá gan bogadh, ach í ag iniúchadh gach rud. Tháinig an madra rua amach féachaint cad a bhí ar siúl. Nuair a chonaic sé nach raibh aon rud ann ach an capall úd, bhailigh sé leis. Ghlan sí léi isteach sna cnoic ghainimh is suas an bóithrín chun an tsráidbhaile. Bhí an ghrian ag dul faoi is duine éigin ag iarraidh an veidhlín a chur i ngléas. Bhí an scriob screab ana-gharbh ar chluasa an chapaill agus í ag éaló léi trí na tithe.

Gan aon mhoill bhain sí amach páirc na nglasraí agus isteach léi. Lean sí ag ithe na n-oinniún go dtí go raibh a béal trí thine beagnach. Ansin thriail sí na prátaí, agus ina dhiaidh sin féar deas bog. Amach san oíche mheas sí gur chuala sí rud éigin ach ní raibh ann ach scata racún a bhí ag robáil ar a nós féin. Níor bhraith sí an oíche ag imeacht go dtí gur bhraith sí go raibh an ghrian ag bogadh chuici. As go brách léi ach gan aon fhothram a dhéanamh. Bhí sí ana-chúramach leis na crúba is í ag siúl ar chlocha. Agus níos cúramaí fós agus í i measc na dtithe. Stop sí sa sráidbhaile. Bhí srannadh le cloisint i ngach áit mar bhí na fuinneoga ar oscailt. Bhraith sí go raibh sí i measc daoine arís. Bhí sé sin deas.

Ach bhí gnó roimpi agus d'fhág sí Baile na Srann agus síos léi go dtí an fharraige. Cé a bhí roimpi ach an madra rua — bhí aithne acu ar a chéile anois. Fén am seo bhí sí ag cuimhneamh ar a searrach. Bhain sí an t-oileáinín amach agus ní raibh aon mhíol mór sa tslí uirthi an turas seo.

An scéal céanna. Ní raibh an searrach le feiscint in aon áit — ach fuair sí arís é in aice an bháid agus a cheann faoi. An turas seo d'aithnigh sé a mháthair ach ní raibh ann ach san. Bhí sé ar crith — ní le fuacht ach le hocras agus le heagla. Ach bhuaigh an t-ocras ar an eagla mar, tar éis tamaill, bhain sé amach bainne na máthar agus gan aon mhoill bhí an slogadh le cloisint ar fud na trá.

An mhaidin ina dhiaidh sin bhí an bhean arís i bpáirc na nglasraí agus í ag béiceadh. 'Táimid creachta arís. Arís!' Tháinig na comharsana suas chun an scéal a iniúchadh.

'Bhí capall anseo,' arsa duine acu.

'An capall céanna, a déarfainn,' arsa duine eile.

'Níl ach capall amháin san oileán seo,' scread an bhean.

'Tá go maith, fág fúmsa é,' arsa an feirmeoir. Chas sé ar a sháil agus síos an bóithrín leis agus an slua ina dhiaidh. Bhuail sé ar dhoras Jedd agus mhínigh sé an scéal dó. 'Téanam,' arsa Jedd is chuaigh gach éinne go dtí an stábla. D'oscail sé an doras agus thaispeáin sé an capall dóibh go léir. Bhí sí marbh ar an urlár. Bhí a béal ar oscailt agus a súile ag stánadh ar an bhfalla.

'Fuair sí bás inné.'

'Cad a bhí im' pháircse aréir más ea?' arsa an feirmeoir.

'Sprid a bhí ann b'fhéidir?' arsa Jedd.

'Sea, sprid chapaill,' arsa gach éinne.

'An itheann sprideanna cairéid?' arsa an feirmeoir.

'Níl ach slí amháin chun é sin a fháil amach,' arsa Jedd. D'imigh gach éinne.

Bhí ana-lá ag an dá chapall ag rith i ndiaidh a chéile agus

ag ól uisce agus ag iniúchadh an rud seo ar a dtugtar saol air. Ach amach sa tráthnóna bhuail an t-ocras an mháthair agus b'éigean di éaló óna searrach i ngan fhios dó. Ní raibh sé sin fuirist mar bhí sé ag éirí cliste agus choinnigh sé súil ghéar uirthi. Ach fuair sí deis nuair a tháinig trí cinn de mhadraí uisce amach ar an dtrá agus gach scréach astu. Chuir san an searrach ag rith go dtí an taobh eile den oileáinín. Ach má dhein, seo leis an mháthair isteach sa bhfarraige agus as go brách léi amach. Nuair a d'fhill an searrach, tásc ní raibh ar a mháthair. Tar éis tamaill bhuail sé a cheann faoi is chuaigh sé suas go dtí an seanbhád.

Thuas i bpáirc na nglasraí bhí gach rud ciúin, agus istigh faoi chrann dara bhí an feirmeoir agus a bhean suite i bhfolach — agus gunna ag an bhfeirmeoir.

'Tá tuirse orm. Ba mhaith liom dul abhaile.'

'Agus cad mar gheall ar na meacain bhána?'

Níor fhreagair sí mar chuala an bheirt fuaim éigin.

Ansin a chonaic siad cad a bhí ann agus ní fhéadfadh siad é a chreidiúint. Bhí capall bán ina seasamh istigh i lár na páirce agus an ré ag taitneamh anuas uirthi. Ní fhaca siad riamh aon rud chomh bán léi.

'Conas a dhein sé é sin?' arsa an bhean. 'Sprid é, nach ea?'

'Sssss, sin é ár ngadaí.'

'Dein é a lámhach.'

'Ní dhéanfaidh. Nuair a bheidh sé réidh leanfaimid é.'

'Agus airgead a bhaint as an úinéir?'

'Ok.'

'Agus ansin é a lámhach.'

D'fhéach an feirmeoir ar a bhean agus chroith sé a cheann cúpla uair. D'fhan siad ansin go dtí go raibh a dóthain ag Gealach. Bhí gliondar ar an mbean nuair a ghlan Gealach an claí amach as an ngort.

'Féach amach í.'

'Faoi dheireadh thiar thall tá sé againn, an rógaire.'

'Ná héisteofá,' arsa a fear. 'Agus is láir atá ann.'

Síos an bóithrín leis an gcapall. Síos leis an mbeirt. Tháinig siad go dtí Baile na Srann. Chonaic an bheirt go raibh Gealach ana-chúramach agus í i measc na dtithe.

'Tá sí chomh cliste le diabhal as Ifreann,' arsa an feirmeoir.

'Ó, a Thiarna! B'fhéidir gur diabhal í.'

'Ná héisteofá!'

'Tá eagla orm. Táim ag dul abhaile. Diabhal as Ifreann. Táimid creachta a deirim. Tá tae uaim, sea tá….'

Bhuail an fear a lámh ar chlab a mhná chun í a chiúnú. 'Féach ar an láir, a Heití.'

Bhí an bheirt laistiar de dhumhach ghainimh agus radharc acu ar an láir. Bhí sí ina seasamh ar imeall an uisce amhail is go raibh rud éigin aisteach feicthe aici.

'Bhfuil sí ag feitheamh le bád?' arsa an bhean.

D'fhéach an fear uirthi is bhog sé a cheann siar is aniar cúpla uair.

'Ó, a Íosa Críost féach an capall!' arsa an bhean, agus cad a chifidís ach an capall a bhí tar éis léimt isteach sa bhfarraige ag snámh léi amach.

'Ní chreidim fianaise mo shúl,' arsa an feirmeoir.

'Ní capall é seo, is murúch é seo,' scread an bhean, 'agus ní theastaíonn uainn aon bhaint a bheith againn le murúcha!'

'Ar chuala tú riamh faoi mhurúch ag ithe leath-thonna cairéad?'

Ach lean sí den mbéiceach. 'Tá tae uaim, dhá mhála tae an turas seo!'

'Bíodh trí cinn agat, a Heití, a chroí. Seo triallam abhaile is déanfad an tae duit.' Agus d'fhág siad an trá is d'imigh abhaile, ise ag caoi is eisean á sású. Agus ní fhaca siad ceann an chapaill ag éaló leis amach sna tonnta.

Nuair a shrois Gealach an trá bhí ríméad an domhain uirthi nuair a fuair sí a searrachán ag feitheamh léi ar imeall an uisce. Bhí an searrach seo ag foghlaim go tapaidh mar níor fhan sé lena theacht as an uisce ach dhein sé caol díreach ar an mbainne is thosnaigh sé ar bheith ag súrac leis. Bhí sí breá sásta fanúint san uisce an fhaid is a bhí seisean sásta. D'fhéach sí siar air agus a eireaball ar crothadh aige le háthas. Is uirthi a bhí an bród.

Ní ba dhéanaí nuair a bhí deireadh ólta ag an searrach chuaigh an bheirt acu ag spaisteoireacht. Ansin bhain

siad an phluais amach. Bhí sé deas tirim agus an gain-
eamh fós te tar éis ghrian an lae. Bhí caonach glas ag fás
ar na fallaí agus dhein sé seo níos compordaí fós é.
Tháinig an ré amach. Chuaigh an ré isteach. Agus an
bheirt, chuadar isteach sa phluais i gcomhair na hoíche.

Bhí slua mór thuas ag páirc na nglasraí an lá dar gcionn.
Comharsana ag siúl suas is anuas is ag gearán is ag
argóint.

'Tá sprideanna ann.'

'Fastaím, ní fhaca ceann riamh.'

'Ní sprid atá againn ach murúch.'

Bhí iascaire mór agus éadaí ola air agus scian mhór
ina láimh aige, agus é ag siúl suas is anuas. 'Labhraím ar
son iascairí Cheanada, níl aon eolas ar mhurúch agamsa
ach amháin gurb é sin an t-aon rud ata fágtha sa
bhfarraige. Sea, murúch anso is ansiúd, táimid creachta
aiges na heachtrannaigh sin. Creachta, agus anois an
fharraige chomh glan leis an gcailís.'

'Murúch a dhein é seo. Nach mór an scannal go deo
é?'

'Ní murúch a dhein é. Capall a dhein é. Féach lorg na
gcrúb.'

Ach léim Heití isteach san argóint lena ladhar.
'Murúch ba ea í. Chonac lem' dhá shúil í.'

'Á, is minic a dúirt m'athair é — tig leis an murúch
bréagriocht a chaitheamh. Agus sin é díreach an saghas

loirg a dhéanfadh murúch dá mba rud é nár theastaigh uaithi go n-aithneofaí í.'

'Capall ba ea é,' arsa an feirmeoir, agus é beagnach ag gol. 'Cé a chabhróidh liom é a chruthú?'

Bhí an cúpla istigh i stábla Ghealach, Jack ag deisiú iallaití is tácla ginearálta na marcaíochta, Liz agus í ag gliúcaíocht trí pholl sa bhfalla. Go hobann dhein sí comhartha do Jack a bheith ciúin. Bhí comhrá ar siúl sa chéad stábla eile idir Bill agus duine desna buachaillí stábla.

'Seo é an liosta siopadóireachta. Grán is mó, a Bhill. Dheineas mo dhícheall é a choinneáil íseal ach....'

'Dhá mhíle cúig chéad, i gcuntas Dé! Ró-ard a mhic. Bain de arís féachaint ... bhuel, faoi láthair, sé sin.'

'Tá a fhios agam, an t-árachas?'

Bhí tost ana-fhada go dtí gur labhair Bill, agus nuair a labhair sé bhí iarracht den sceimhle ar na focail. 'An t-árachas! Chuala tú rud éigin?'

'Chuala, rud éigin mar gheall ar gur cuireadh ar ceal é—feirí oscailte gan aon chosaint?'

'Cac is oinniúin air mar scéal! Conas a chuaigh an scéala san amach?'

'Más drochscéal é téann sé amach uaidh féin.'

'Féach,' agus ag an bpointe seo b'éigean do Bhill suí ar mhála cruithneachtan agus a lámh ar a ucht aige, 'tá an scéal seo athraithe. Téirse isteach go dtí an baile mór is ceannaigh an grán. Ná habair faic. Faigh ar cairde é.

Ná habair faic. Ní hea. Fan go fóill. Rachaidh mé leat. An rachaidh? Fan go fóill, fan go fóill.... Sea, rachad leat.'

Ní dúirt ceachtar den mbeirt focal — ach a raibh d'alltacht orthu ag éisteacht leis an jíp á tosnú agus ag imeacht go maolchluasach amach as an gclós.

'Ar chuala tú é sin? Níl aon árachas againn!'

D'éirigh Jack agus thug Liz faoi deara go raibh sé imithe bán san aghaidh, ach ní dúirt sí focal.

'Cá bhfuil Jane?'

D'imigh an bheirt acu trasna go dtí an teach. 'Jane, Jane,' ar siad, ach ní raibh sí ann. Chuaigh Liz suas staighre agus chuardaigh sí gach ceann de na hocht seomra codlata a bhí ann agus an dá sheomra folctha. Ní raibh sí ann. Chuaigh sí isteach i seomra Bhill agus d'fhéach sí timpeall. Chonaic sí rud. Stad sí ar feadh tamaill ach sa deireadh ghlaoigh sí ar Jack. Tháinig sé isteach sa seomra. 'Sea?' D'fhan Liz ag féachaint isteach sa chófra. D'fhéach Jack ann. Bhí sé lán de bhuidéil Jack Daniels. Tuairim is sé cinn, iad go léir folamh.

'Bhfuil Daid ina alcólach?'

'Níl,' arsa Jack. 'Ólann sé istoíche chun codladh a thabhairt dó féin ó cailleadh Mam. Ach déarfainn go bhfuil sé ag ól níos mó ó d'imigh Gealach.'

'Is alcólach é. Bhí a fhios agat agus níor inis tú dom é.'

'Níl sé tábhachtach.'

'Cad atá tábhachtach?'

'Bhí mé sa chistin.'

'Cad tá ann, corpán?'

'Níl aon rud ann.'

'Conas?'

'Téanam!'

Dhein siad rásaíocht síos an staighre agus díoscán á bhaint ag an mbeirt acu as an steip bhriste. Bhí an chistin mar is gnáth — glan, néata.

'Cad é?' arsa Liz.

D'oscail sé an cuisneoir. Ní raibh aon bhia ann. D'oscail sé an reoiteoir, mar an gcéanna, chomh glan leis an gcailís. 'Níl aon bhia againn,' ar seisean.

'Bia! Níl bia againn!' arsa Liz.

'Ní maith liom é a rá, ach caithfimid glacadh leis. Táimid briste. Níl cent rua ag Daid.'

'Gheobhaidh sé stuif ar cairde?'

'Go ceann seachtaine.'

'Agus ansin?

'Ansin? Níl tuairim agam.'

Thosnaigh Liz ag siúl an turas seo. Suas is anuas an chistin léi. Thosaigh Jack ag siúl trasna, siar is aniar, dhá phéire bróg reatha ag glioscarnach leo.

'Ní raibh a fhios agam riamh,' arsa Liz, 'go raibh an áit seo ag brath ar Ghealach!' Lean glioscarnaigh na mbróg reatha go dtí gur phléasc sí amach. 'An teach, na páirceanna, gach rud! Tá botún á dhéanamh againn. Ní fhéadfadh sé a bheith fíor!' Bhí sí i riocht goil. 'Mo sheomra codlata. Ó ní hea, nílim chun scarúint lem' sheomra codlata,' agus bhí sí chun í féin a chaitheamh ar an dtalamh.

'Níl aon airgead againn.'

'Tá ocras orm.'

'Bhfuil praghas burgair againn?' Chuardaigh siad na pócaí. Ní raibh aon airgead acu thar dhá dollar caoga nó mar sin. Phreab Liz amach go dtí an tolg fada sa seomra suite is dhein sí cuardach sna scoilteanna idir na cúisíní. Trí dollar. Bhí praghas burgair amháin acu.

D'fhan Liz ar an dtolg agus ar chuma éigin ní ar bhia a bhí sí ag cuimhneamh in aon chor ach ar an gceimiceoir úd a bhí ag caint lena daid.

Bhí Jack ag an bhfuinneog. 'Liz, seo chughainn Jane. Déarfainn go bhfaighimid ár ndinnéar. Tar éis an dinnéir téimis ag lorg an chapaill úd. Cad is dóigh leat?'

'Táim leat,' ar sise ach ní raibh sí istigh léi féin, mar don gcéad uair bhí sí ag ceapadh go mb'fhéidir go raibh Gealach marbh. Agus an searrach. Agus dá bhrí sin gach rud eile.

Ag titim na hoíche bhí Gealach sa bhfarraige in aice Thrá Oileán na Coise Fada. Bhog sí isteach go dtí an trá, í ana-chúramach gan torann ar bith a dhéanamh. D'éirigh sí amach ar an dtrá ach stad ansin. Bhí rud éigin bunoscionn. Cad é? Tar éis tamaill rith sé léi. An madra rua, cá raibh sé anocht? Sea, cá raibh sé? Fuair sí í féin ag cúlú isteach sa bhfarraige. Ach ar an dtaobh eile den scéal, bhí ocras uafásach uirthi. Agus bhí a searrach ag feitheamh le bainne. Sea! Bhog sí suas an trá beagán. Bhí gach rud ciúin. Bhog sí suas a thuilleadh. D'fhéach sí ar na dumhcha, ní raibh gíocs astu. Sea, bhí gach rud i gceart agus seo léi de rás go dtí na dumhcha.

Go hobann phléasc aer na trá le béiceadh agus glórtha mar do bhailigh slua mór fear mórthimpeall uirthi agus gach 'tá sí againn' astu. Ba bheag nár léim sí as a corp le heagla. Ach gan aon mhoill fuair sí misneach arís agus thug sí léim agus ghlan sí an slua agus thuirling sí san uisce. Seo léi ag gearradh isteach sna tonnta agus ba ghearr go raibh snámh buile á dhéanamh aici.

Bhí fear ard ann agus caipín mairnéalaigh air, agus de réir dealraimh is é a bhí i gceannas ar an slua mar thugadar go léir an captaen air. Thosaigh sé ag béiceadh, 'Bád! Bád! Cuir chun farraige, is leanfaimid í. Seo libh. Seo libh!' Cuireadh an bád san uisce is léimeadar isteach ann is níorbh fhada go raibh siad ag déanamh uirthi agus an t-iascaire mór agus an scian aige chun tosaigh.

'Chugam aniar sibh,' arsa an captaen de bhéic. Shín na fir na droma is ghreamaigh na maidí san uisce is léim an bád tríd an bhfarraige.

'Sea, beirt agaibh, beir ar an líon agus ullmuigh é. Béarfaimid uirthi leis an líon,' arsa an captaen.

Leanadar í is ba bheag nár rugadar uirthi ach d'ath-raigh sí cúrsa.

'Ó, mhuis, is murúch í gan dabht,' arsa an t-iascaire. B'éigean dóibh casadh agus í a leanúint arís.

'Chugam aniar, chugam aniar sibh, a fheara!' arsa an captaen. Agus diaidh ar ndiaidh thánadar uirthi is ghabhadar sa líon í is tharraing siad ar ais chun na trá í.

Fén am seo bhí an oíche tite agus bhí mórán laindéar agus tóirsí ar lasadh. Bhí an trá sin taibhsiúil ar fad acu. Bhailigh an slua timpeall ar an gcapall a bhí ina luí sa líon ar an dtrá. Bhí lasracha na dtóirsí ag cur scáthanna ag léimreach ar an gcapall. 'Tá an mhurúch againn sa deireadh,' arsa duine de na comharsana.

Istigh sa líon in éineacht leis an gcapall bhí iasc mór dearg amháin a bhí fós ag léipeáil mar bhí sé ina bheatha.

'Féach, féach,' arsa Heití. 'Iasc dearg!'

'An ceann deireanach,' arsa an t-iascaire.

Bhain siad an líon de Ghealach agus tar éis tamaill chuaigh sí ar a glúine is d'éirigh ina seasamh agus fós trí cinn de théada ceangailte aisti. Bhí sí fliuch, ach bhí soilse na laindéar ag lonrú uirthi agus b'éigean do gach éinne géilleadh gurbh iontach an capall go deo í.

'An bhfaca éinne agaibh cad a chonaic mise?' Fear beag ar imeall an tslua a labhair. Níor fhéach éinne air. Níor fhreagair éinne é.

'An léim úd a thug sí, ghlan sí an slua. B'in beagnach sé troithe ar aoirde.'

Níor fhéach éinne air. Lean an tost.

'Is capall iontach í. Capall ráis, féach uirthi. Féach an stíl atá uirthi.'

Níor tugadh aon aird air. Ach chonaic Heití rud éigin eile. Bróiste! Sea, bróiste airgid den ré lán ceangailte den gceanrach dhearg. Ceann a bhí fuaite den gceanrach ag máthair an chúpla, bean Bhill. Bhain Heití an bróiste de

Ghealach agus dúirt, agus sásamh mór ar a guth, 'Ní raibh a fhios agam riamh go raibh sé de nós ag capaill bróistí a chaitheamh. Díolfaidh sé seo as na glasraí go léir a d'ith sí.'

Tháinig an fear beag isteach go dtí Gealach agus thosaigh sé á scrúdú. Rith sé na lámha síos ar a cosa, agus ansin trína mong agus a muineál agus an t-am go léir ag cogarnaíl léi os íseal.

Labhair duine ón slua. 'Faoi dheireadh tá ár gcapall fhéin againn.'

'Sea,' arsa duine eile, 'is linne ar fad í.'

'Fan go fóill,' arsa Heití. 'Go breá réidh ar do mhaidí, a dhuine. Ba cheart go mba linne í. Tá a fhios agaibh go léir cad a dhein sí dúinne!'

'Huh,' arsa bean eile. 'Lán cúpla ciseán de chairéid agus ceapann tú gur leat í. Huh!'

Labhair bean eile fós. 'Seachain an rud atá ar siúl agaibh, gan aon tricseáil a bheith agaibh le murúch!'

Labhair an t-iascaire, 'Beimid go léir i bpáirt léi, ach is leis an oileán ar deireadh í.'

'Sea,' arsa oileánach eile, 'beidh scar ag gach fear, bean is páiste san oileán.

Ach léim an t-iascaire go lár an tslua, a scian mhór ina láimh aige. 'Bíodh an diabhal agatsa is do scar. Nílim pósta. Bíodh scar ag gach teach san oileán. An gcloiseann sibh? Scar an teach!' Agus an scian dírithe ar gach éinne sa slua.

Thosaigh argóint láithreach, agus bheadh sé ina chath

acu ach gur chuir an captaen a ladhar sa scéal. 'Tig linn é sin go léir a shocrú níos déanaí, ach is linn féin anois í. Cuimhnigh air. Ár gcapall féin againn ag obair dúinn, ag tarraingt adhmaid i gcomhair an gheimhridh, ag tarraingt prátaí is féir do na ba, gaineamh chun bildeála. Ach ba cheart go rachadh an chéad seachtain go húinéirí na páirce ina raibh sí ag robáil.'

Ach ní raibh an t-iascaire sásta. 'Ní hea, adeirim, ní hea in aon chor. Féach uirthi, tá ana-chuid bídh inti. Cén sórt bídh? Bia madra, mhuis. Cé mhéid cannaí bia madra atá sa cheann seo? Cé mhéid? Tabhair buille fá thuairim!'

'Céad canna,' arsa duine éigin.

'B'fhéidir dhá chéad,' ar seisean agus bhuail sé buille dá bhois ar mhuin an chapaill. 'Agus rud eile, cuimhnigh ar an gcraiceann. Craiceann breá amach is amach a dhéanfadh cótaí iontacha amach is amach. Sea, cótaí de leathar na gcapall. Gheobhfá ar a laghad cúig cinn de chótaí — dhera ní hea in aon chor, ach seacht gcinn de chótaí áilne as an gcapall seo. Agus muna bhfuil sibh sásta leis an méid sin....'

Léim duine amach as an slua. 'Nílimse sásta. Cótaí agus bia madra! Fastaím a dhuine! Tá rud níos fearr — brief-cases.'

'Brief-cases!' arsa an slua go léir.

'Sea,' ar seisean, 'Brief-cases. Gheobhfá ar a laghad deich gcinn de brief-cases as an gceann seo. Agus má tá brief-case agat d'fhéadfá jab a fháil in oifig. Dhera bheadh linn, adeirim!'

Bhí na tóirsí agus na laindéir ag dul in éag agus na scáthanna ag dul i bhfad agus an taoide ag líonadh isteach go dtí an áit ina raibh an slua, agus daoine ag éirí tuirseach.

Labhair an captaen. 'Sea, ar dtúis gheobhaimid giota oibre aisti, agus muna mbímid sásta leis sin — bhuel, bia madra.'

'Agus cad mar gheall ar na brief-cases?'

'Sea, sea, má theipeann orainn, brief-cases.'

'Cuir isteach sa seanstábla í,' arsa Heití, 'i gcomhair na hoíche anocht nó rithfidh sí go dtí na murúcha eile.'

Agus leis sin thosnaigh an slua ag scaipeadh. D'fhan an fear beag in aice an chapaill. 'Ní haon chapall feirme í seo, ach seaimpín cruthanta de chapall ráis í, ar mo leabhar.' Ach chas an slua uaidh gan féachaint air, gan labhairt leis, amhail is nach raibh sé ann in aon chor.

Chuireadar Gealach sa seanstábla. Bhí fíordhroch-chuma ar an áit. Bhí an capall marbh fós ann. Bhí poll francaigh ag bun an dorais agus francach mór liath ag gabháil isteach tríd. Nuair a thóg sí boladh an fhrancaigh thóg sí sceit is raid sí an doras cúpla uair. Bhéic Heití. Ach nuair a tháinig Gealach ar an gcapall marbh ba bheag nár phléasc sí. Scread Heití mar bhí sí laistigh den míle murdal seo. Scread sí ar a fear céile bocht ach bhí sé in áit eile. Bhéic sí is scread sí is ghuigh sí chun Dé, agus thug sí meatachán ar a fear, ach bhí sí i ndainséar mar bhí sceimhle ar an gcapall. Sa deireadh dhein Gealach dhá leath den ndoras agus ghlan Heití léi agus gach scread aisti.

Thug duine éigin buicéad d'uisce salach chuici. B'éigean di é a ól ach dhiúltaigh sí don mbuicéad coirce mar bhí neithe ag siúl istigh ann agus cac capaill scaoilte tríd. Go dtí sin níor tugadh riamh di i bhfeirm La Tour ach an togha.

Labhair an fear beag. 'An coirce úd, tá an oiread san smúite tríd go bplúchfadh sé eilifint.'

'Rómhaith atá sé di, an conablach gan rath,' arsa Heití.

Chuir siad an glas ar an ndoras ar chuma éigin agus d'imigh siad ach ba chlos dóibh an cibeal istigh sa stábla mar bhí Gealach ag raideadh léi — fallaí, doirse, mainséir agus buicéid. Ach bhí an focal deireanach ó Heití mar scairt sí amach agus í ag imeacht. 'An beithíoch gránna sin, tá Oileán na Coise Fada millte aici, mar caithfimid anois an geimhreadh a chaitheamh gan pióg mheacan bán! Náire chugat, a ropaire gan rath!'

D'imigh gach éinne go dtí nach raibh iontu ach scáthanna, agus ansin d'imigh na scáthanna. Ach d'fhan scáth amháin, ceann beag. Bhí an fear beag ag siúl abhaile nuair a chuala sé an siosarnach taobh leis. An captaen a bhí ann istigh faoi scairt driseoga.

'An capall úd,' ar seisean de shioscadh.

'Capall ráis, a mhic.'

'Cinnte? Cé mhéid?'

'Braitheann sé ar an athair, ach déarfainn céad míle

gan stró ar bith.' Ar feadh tamaill fhada ní dúirt éinne aon rud. Ansin, gan focal, leáigh an captaen isteach sna driseoga. Chas an fear eile agus shiúil sé leis.

Bhí an scéal go dona san oileáinín agus an searrach trí chéile ar fad. Bhí tuiscint aige ar aimsir fén am seo agus bhí a fhios aige go mba cheart dá mháthair a bheith tagtha abhaile. Bhí sé istigh san uisce go dtí na hioscaidí agus rónta mórthimpeall air is gach granc-granc astu, ach ba chuma leis an searrach. Bhí sé ina dtaithí. Bhí bainne uaidh, cinnte, ach is ar a mháthair a bhí sé ag cuimhneamh. Féachaint amháin, ba leor san. D'fhéach sé isteach san oíche ach ní raibh aon rud ann ach tonnta, rónta agus ceo. Chas sé thar n-ais go dtí an seanbhád is bhuail sé a cheann faoi.

Thógadar Gealach amach ar maidin go teach Heití agus chuir an feirmeoir seantácla uirthi. Bhí an tsrathair briste agus tuí ag titim as, na hamaí camtha agus an coiléar agus an leathar i ngiobail, an bhristéil rótheann. Ach bhí an masla ba mheasa le teacht—buaileadh trucail oráiste anuas uirthi. Cheap an capall go raibh sí i bpríosún i gceart. Agus anois thuig sí chomh maith go raibh deireadh leis an seanshaol.

Cé a bhuailfeadh amach chucu ach Heití, agus chuaigh sí ag siúl suas is anuas an clós cúpla uair. Bhí gach leamhgháire aisti agus í ag válsáil timpeall an chlóis. Stop sí díreach taobh leis an trucail.

'dTugann tú aon rud faoi deara?'

Thuig a fear, Laxton, go raibh sé i dtrioblóid mhór mar bhí sé go dona chun rudaí a thabhairt faoi deara. 'Tá gúna nua agat?'

'Bhuel má tá, ní ormsa atá sé. Tá an seanghiobal seo á chaitheamh agam le ceithre bliana! A Laxton, go maithe Dia dhom é ach is mór an dul amú thú.'

'Fuairis gearradh gruaige, stíl nua gruaige?' agus crith ar a ghlór.

'Stíl nua gruaige! San áit seo? Níl san áit seo ach scata dúra dara ná feadar a dtóin thar pholl sa doras. An bhfuil tú dall ar fad, ná feiceann tú?' agus rith sí na méireanta suas a blús go dtí an bróiste.'

'Ó, feicim é. Fuair tú blús nua. Tá sé go deas.'

Chrith sí a ceann cúpla uair is d'fhéach sí isteach i súile an chapaill. 'An maith leatsa an bróiste orm, a chapaill? Tá sé go deas, nach bhfuil? Ní bheidh sé agatsa go deo arís.'

'Hac amach,' arsa Laxton, agus ghluais an capall is an trucail amach chun lastas adhmaid a thabhairt aníos ón dtrá.

Bhí ceathair faoi cheathair mór groí ag scinneadh leis ar thrá éigin agus comhartha mór scríofa air a rá — *Nova Scotia — Dep. Of Health — Large Carcass Removal Unit.*

Agus an cúpla istigh sa chábán ag caint leis an oifigeach sláinte seo.

'Conablaigh de gach sórt, ach na cinn mhóra is mó, deinim iad a phléascadh, suas san aer.'

'Iad a bhuamáil!'

'Buamáil — heh — is maith liom é sin. Sea, suas san aer, iad a bhuamáil le geilignít. Míolta móra is mó, caitheann tú iad a chur suas san aer nó ní fhéadfá maireachtaint san áit le bréantas. Ach caitheann tú na píosaí a bhailiú roimh na lucha móra. Sin fadhb.'

'Agus an mbíonn tú ag buamáil capall?'

'Uaireanta, ach caithfidh tú na cruite a bhaint díobh ar dtúis nó beidh fadhb agat leo ag zipeáil ar fud na háite.'

'Ní theastaíonn uainn é sin a bheith déanta dár gcapallsa, a dhuine chóir.'

'Ní gá a bheith buartha. Beidh mé ana-dheas léi.'

Sa deireadh tháinig siad chomh fada leis an gcapall marbh. Léim Jack as an jíp agus scread sé. 'Ní hí Gealach í. Is capall donn é.'

'Fág an áit,' arsa an t-oifigeach, 'mar beidh an leaid sco i measc na n-aingeal i gceann deich nóiméad. Trí phunt geiligníte agus beidh linn.' Thosnaigh sé ag ullmhú, ach ba chuma leis an mbeirt. Chuaigh siad go dtí imeall an uisce agus shiúil siad suas is anuas.

Bhí Liz chomh sásta san nárbh í Gealach í. 'Bhí mo chroí im' bhéal agam an turas ar fad! Jack, is comhartha maith é seo. Cad a deir tú?'

'Ar aon fhocal leat. Is comhartha dúinn go gcaith-fimid leanúint linn ag cuardach.'

'Aontaím ar fad leat. Leanaimis ag cuardach.'

Sin é an uair a chuala siad an bhéic ó mo dhuine. 'Scaipigí!'

Sracfhéachaint amháin ar an oifigeach agus bhéic Liz. 'Íosa Críost, rith.' Ritheadar leo síos an trá ach, má dhein, tháinig an phléasc uafásach seo a chroith na spéartha agus chaith an bheirt iad féin laistiar de dhumhach ghainimh. Thosaigh giotaí den gcapall ag titim mórthimpeall na háite.

'Gealt gan aon dabht,' arsa Jack, 'Seo linn as an áit nó beimid i measc na n-aingeal.' Agus sin an rud a dheineadar. Thógadar na rothair as an jíp is thug siad faoi dhóchas nua agus, is dócha, saol nua.

Bhí Gealach ag tarraingt ualach glasraí a bhí chomh trom san go raibh na rotha suncáilte sa chré. Bhí a corp caite ag an seantácla agus riastaíocha ar a craiceann. Nuair a bhí sí ag gabháil in aice na faille móire, cad a chífeadh sí uaithi ach an t-oileáinín i bhfad siar. Stop sí agus tháinig racht anaithe uirthi agus, má dhein, tharraing sí an trucail amach as an mbóthar agus sall léi go bruach na faille. Chloisfeá Laxton ag béiceadh san saol eile. Tháinig comharsana chun cabhrú leis agus diaidh ar ndiaidh tharraing siad siar ón bhfaill iad agus bhí gach rud ina cheart arís. Ach ní raibh ag an gcapall.

As sin amach bhí sí beagnach as a meabhair.

An oíche sin cuireadh isteach i bpáirc í a bhí ag féachaint ó dheas ar an oileáinin. Sheas Gealach ar bharr na faille ag féachaint uaithi ar an áit ina raibh a mac, ag siúl suas, ag siúl síos, ag seitreach, ag casadh, ag crúbáil an talaimh fúithi. Mar capall ba ea í agus, cé nach raibh an t-eolas aici, bhí an tuiscint aici go raibh an scéal go dona ag an searrach.

Agus bhí an ceart aici, mar bhí sé ag fáil bháis den ocras. Bhí an t-ádh leis go raibh ólta aige as an lochán fíoruisce. É sin a choinnigh ina bheatha é, beagán uisce gach lá. Ach bhí an scéal go dona aige. B'in an rud a thuig an mháthair, agus bhí an baol ann go gcaithfeadh sí í féin le haill.

Agus thuig an fear beag thall ag an ngeata gur mar sin a bhí aici. Bhí buicéad beag aige ach é lán de choirce a bhí glan ar fad ar fad. Leag sé síos laistigh den ngeata é. Chuala sí an fhuaim sin agus tar éis tamaill tháinig sí i leith. Ghlan sí an buicéidín gan mhoill agus d'fhan lena thuilleadh. Ach ní raibh ach an méid sin. Labhair an fear beag léi go deas íseal amhail is go raibh an scéal a mhíniú aige di. Ach bhí rud eile ar a haigne aici, agus b'éigean di dul ar ais go dtí an fhaill agus leanúint den bhfaire.

Bhí Liz istigh sa chistin ag iarraidh pancóga a dhéanamh mar nach raibh aici ach plúr, cúpla ubh, agus im. Bhí na trí cinn tosaigh ite ag na madraí, mar bhíodar go dona, ach bhí dhá cheann bhreátha ar an bpláta anois aici. D'fhéach sí orthu is dúirt sí an focal 'foirfe'. Bhí sí díreach chun an chéad cheann a chur ina béal nuair a buaileadh cnag ar an ndoras. D'oscail sí an doras agus ba bheag nár thit sí as a seasamh le hiontas nuair a chonaic sí cé a bhí aici — an ceimiceoir! Ní raibh aga aici a cuid gruaige a stracadh, ach lasc sí na focail isteach san aghaidh uirthi. 'Cad atá uait?'

Cuireadh paicéad isteach ina láimh is labhair an bhean go grástúil léi. 'Tabhair é sin dod' dhaid, mara miste leat. Tá sé ag feitheamh leis.' Agus chas sí ar a sáil agus shiúil sí léi. Thíos ag an ngeata chas sí arís is labhair sí os ard. 'Abair le Bill go bhfacthas capall bán i measc na ndumhcha áit éigin in aice Plimington. Seans gur ráfla é.'

Ghreamaigh na focail Liz don dtalamh agus fén am gur scaoileadh saor í agus fén am gur rith sí chomh fada leis an ngeata bhí an cailín imithe ina carr.

'Capall bán!' ar sise agus bhraith sí istigh ina croí go raibh an chéad mhíorúilt ag tarlú. Narbh é píolóta an héileacaptair a dúirt go raibh siad ag feitheamh le míorúilt! Ba é seo é. Agus d'éirigh in áit éigin inti braistint a bhí te teolaí, ceann a thug misneach iontach di.

Tháinig sí ar ais go dtí an chistin. Bhí an chuid eile de na cístí friochta ite ag na madraí ach ní raibh Liz ar buile chucu — thuig sí go raibh ocras ar na créatúir. Ní raibh éinne eile sa teach. Chuaigh sí ar an bhfón, ach ní fhéadfadh sí teacht ar éinne. Ní fhéadfadh sí Bill a fháil

—ná Jack ná Jane—chun an dea-scéala a insint dóibh.

Thosnaigh sí ag déanamh a thuilleadh cístí. Sin é an uair a rith sé léi ná raibh sí chun aon rud a rá le Bill i dtaobh an chapaill a chonacthas in Plimington. Ní raibh sí chun bheith ina teachtaire idir an ceimiceoir agus a hathair! Agus ní raibh sí chun é a rá le Jane mar d'inseodh sí do Bhill é. Agus Jack? Bhí seift aici i gcás Jack.

San oileáinín bhí an searrach beagnach marbh. Bhí cúr lena phus agus a shúile dúnta agus é tite anuas ar chliathán an bháid. An anáil a tháinig chuige bhí sé garbh, chomh garbh san go raibh curtha as do na rónta a bhí in aice leis. Ina gceann is ina gceann d'fhág siad an trá is thug chun farraige, go dtí nach raibh beo san oileáinín ach é. Is istigh ina aigne a bhí an saol, agus ní mór iad na híomhánna a bhí bailithe aige ina shaol ach an mháthair á mhealladh chun éirí ina sheasamh, agus nuair a tháinig sé amach as an bpluais an chéad lá uaidh féin cé a bhí thíos in aice an uisce ach a mháthair agus fáilte mhór aici roimis. D'fhanfadh an dá íomhá sin ina aigne go lá a bháis.

Bhí Jane ag gearradh cairéad, pé áit ina bhfuair sí iad. Go hobann stop sí is ghlaoigh sí ar Liz. Tháinig Liz isteach.

'Sea?'

'Cá bhfuil paicéad Bhill a thug Sue isteach?'

'Sue?'

'An ceimiceoir.'

'Sue, an ceimiceoir? Ó, sea, tá sé agam. Gheobhaidh mé é is tabharfad do Dhaid é.'

Chuaigh sí isteach go seomra a daid agus gheit sí nuair a chonaic sí an crot a bhí air. Bhí sé sínte sa leaba agus cuma ana-bhreoite air agus fáinní móra corcra ar a shúile.

'A Dhaid! Bhfuil tú ok?'

Chuir sé a lámh amach don bpaicéad, agus bhain sé cúpla piolla amach as agus shloig sé iad. 'Táim ana-mhaith. Bhí timpiste agam, ní faic é.'

D'fhan sí ag féachaint air. Bhí alltacht tagtha uirthi ach níor theastaigh uaithi go bhfeicfeadh sé í.'

'Tabhair crúiscín uisce chugham, a chroí, is ná bí buartha.'

Thíos sa chistin líon sí an crúiscín le huisce agus thosaigh sí ag gol. Tháinig Jane is chuir sí na lámha timpeall uirthi agus dhein an bheirt acu tamall goil le chéile. 'Táimid ag rith ar thanaíochaibh, ach tiocfaimid slán.'

'Pé brí atá leis sin,' arsa Liz.

'Na seanmhairnéalaigh a labhrann mar sin. Ciall-aíonn sé go bhfuilimid ag gabháil trí phaiste crua inár saol ach go dtiocfaimid as.'

'Bhfuil tú cinnte?'

'Tá, agus tá a fhios agat go bhfuil braon beag den *prophet* ionamsa.'

'Creidim é sin. An mbeidh Daid alright?'

'Beidh, féachfaidh mise chuige.'

'Jane, an bhean seo Sue, cén fáth go gcaitheann sí teacht anseo go pearsanta?' Chuir an mothú a bhí ar na focail Jane san airdeall.

'Sue, Sue, a ... nós é sin a bhíonn ag ceimiceoirí amuigh fén dtuath. Ní faic é. Ní thógfainn aon cheann dó.'

'Ní maith liom é. An gcloiseann tú, a Jane? Ní maith liom é.'

'Is dócha go raibh sí ar a bealach abhaile agus gur bhuail sí isteach leis.'

'Níl aon cheart aici teacht anseo. Is rud mímhúinte é. Má tá rudaí le seachadadh anseo baileoidh mise iad,' agus an t-am go léir a guth ag ardú go dtí go raibh sí nach mór ag screadaigh.

'Fág fúmsa é, a chroí, agus as seo amach beidh sé mar a deir tú,' agus bhain sí fáisceadh as an nduine corraithe seo.

Maidin lá arna mhárach bhí stoirm mhór ag séideadh agus Gealach gafa fén dtrucail agus í leasmuigh de theach Heití. Bhí an t-adhmad deireanach den ualach á chaitheamh anuas den dtrucail ag Laxton. Tháinig Heití amach as an dteach agus hata mór uirthi.

'An bhfuil tú dall ar fad, a Laxton? Cad ba cheart do bhean a dhéanamh san áit seo chun go bhfeicfí í?'

Díreach ag an bpointe sin scuab an ghaoth a hata chun siúil agus as go brách léi ina dhiaidh.

Tháinig sí ar ais leis agus saothar uirthi.

'Tá an stoirm ag dul in olcas,' arsa Laxton.

'An bhfuil tú dall ar fad, a Laxton? Bhí an hata seo á chaitheamh agam!'

'Hata breá é sin, a stór. Bhíodh ceann mar sin díreach ag mo mháthair fadó.'

Ach bhí neach eile i láthair agus ní ar hataí a bhí sí ag cuimhneamh ach ag faire ar a seans, mar bhí sí tar éis an oíche ba mheasa ina saol a thabhairt aréir. Bhí a dóthain faighte aici. Gan aon choinne phreab sí síos an bóithrín a bhí le fána. Thit Laxton as an dtrucail ar an dtalamh is scread Heití in ard a cinn is a gutha, agus lean den screadaigh sa tslí gur chuala Oileán na Coise Fada ar fad í.

Lean Gealach léi ag lascadh an bhóithrín síos tríd an sráidbhaile, áit ar leag sí trí cinn de bharraí rotha a bhí lán d'aoileach. Lean sí uirthi síos agus lachain is cearca ag scréachaigh is ag scaipeadh as an tslí roimpi. Lean Heití í is gach béic aisti. Lean fir í agus gach mallacht astu, is fonsaí iarainn na trucaile ag briseadh na gcloch fúthu.

Agus ag druidim leis an dtrá cad a thiocfadh aníos chuici ach scata fear ag iompar báid ar a nguaillí. Níor stop sí. Chuala na fir an cibeal chucu, ach ní fhaca siad ach an taobh istigh den mbád. Chuala siad an fothram ag teacht féna ndéin. Féachaint dár thug fear amháin chonaic cad a bhí chucu agus lig sé éagaoin fhada sceimhlithe as agus theith sé amach fén mbád. Lean an chuid eile é agus chaitheadar an bád anuas ar an mbóithrín. Sin é an uair a bhuail roth na trucaile é is dhein smionagar láithreach de, ag caitheamh cláracha isteach sa ghaoth — agus fear amháin a bhí ródhéanach, caitheadh eisean san aer freisin.

Lean sí léi isteach sa trá agus caol díreach ar an bhfarraige. Bhuail an chairt agus capall na tonnta is cuireadh uisce is cúrán bán suas san aer mar scamall. Agus gan aon mhoill bhí sí ag snámh léi — agus an trucail ar snámh chomh maith le lacha ar bith.

Seo an slua go léir isteach sa trá ina diaidh. Labhair an captaen. 'Capall gafa fé thrucail ar snámh sa bhfarraige, sin rud nach bhfaca riamh.'

'Tógfaidh an trucail uisce is suncálfaidh siad is báfar í,' arsa comharsa.

'Ní féidir í a bhá. Is murúch í.' arsa Heití.

'Murúch, nó capall, is airgead síos í.' arsa an t-iascaire.

'Is murúch í. Conas a fhéadfadh capall na taoidí is measa ar domhan a shnámh?' arsa comharsa.

'Seo, téimis ina diaidh,' arsa Heití. D'fhéach gach éinne uirthi amhail is gur leathamadán a bhí inti.

'An rud atá ag déanamh scime domsa ná cá raibh sí ag dul.'

'Tá sí ag dul go hIfreann, agus í imithe ó shábháil anois,' arsa an t-iascaire.

'Fan go fóill,' arsa an captaen. 'Ná bímis ródhian ar an gcapall bocht. Sea, a Heití, a chroí, an ceart agat. Seo, a

fheara an oileáin, leanaimis í. Cuirigí na báid chun
farraige. Báid adeirim!'

Sciuird an trucail oráiste suas síos an trá ar an oileáinín
ach tásc ar an searrach ní raibh ann. Thosaigh sí ag
seitreach, agus síos an trá arís léi agus na rotha ag ceol leo
tríd an ngaineamh. Timpeall go dtí an taobh eile. Ní
raibh ann. Seo léi faoi dhéin na pluaise. Dhein sí rás
isteach sa phluais agus dearúd aici ar an dtrucail.
Ghreamaigh an trucail ina ding i mbéal na pluaise —
sonc! Filleadh ná feacadh ní dhéanfadh sé. Raid sí an
trucail cúpla uair ach gan tor. Thosaigh an teaspach ag
séideadh aisti, agus an ghrian ag dul faoi. B'ait an scéal é,
deireadh na trucaile chun trá is a tosach sa phluais.

B'in é an uair a bhraith sí rud éigin istigh sa phluais,
rud éigin mór. Thosaigh an clúmh ar a muineál ag
snámh. Síneadh a dhá chluais le barr a cinn, an comh-
artha go raibh fíoreagla uirthi. Ach nuair a fuair sí boladh
goirt fiáin an róin agus ansin a cuincín a fheiscint
timpeall an choirnéil rug an sceimhle ar a croí chomh
mór sin gur chúlaigh sí i nganfhios di féin is shaor sí an
trucail. Mar ní raibh rón feicthe aici go dtí seo.

Chúlaigh sí amach go lár na trá is chas ansin is dhein
caol díreach síos — aon áit sa diabhal as an bpluais. Agus
nach ait an rud é gur chríochnaigh sí ag an seanbhád,
agus cé a bhí ina luí ann agus cuma mharbh air ach a
searraichín dílis álainn. Dhein sí gach cúram de láith-

reach, ach ní raibh comhartha ag teacht uaidh go raibh sé ina bheatha. Bhí a fhios aici nach raibh sé marbh mar bhraith sí a anáil a bhí chomh lag le scáth. Bhí cúrán bán ar a phus agus dhein sí é seo a ghlanadh de. Conas a chuirfeadh sí ina sheasamh é? Ach bhí rud ag tarlú. Bhí a cuid bainne chuici agus é ag sileadh ar an dtrá.

Dhein sí é a shoncáil lena ceann. Níor chuir sé cor as. Ansin bhuail smaoineamh í. Thuig sí go raibh sí ag sileadh bainne, agus shiúil sí thar a chorp agus lig sí don mbainne titim ar chliathán an tsearraigh. Níor chuir sé aon chor as. Shiúil sí tamall eile go dtí go raibh a sine os cionn a bhéil agus an bainne ag titim síos ar a bhéal. Fós níor bhog sé. Ach thuig sí go raibh sí beagnach ann. Chuaigh sí tamall ana-bheag eile ar aghaidh agus an turas seo bhí an bainne ag titim ar leathcheann an tsearraigh. Agus cad a déarfá ná gur thit deor amháin ar a shrón! Agus ansin an dara deor. Ar chuir sé cor as? D'fhéach an mháthair air agus ansin chonaic sí arís é. An t-eireaball, bhog an t-eireaball! D'fhan sí mar a raibh sí agus thuirling an bainne ina dheor agus ina dheor ar a shrón agus siúd an t-eireaball ag croitheadh arís. Ag an bpointe sin thóg sé a cheann agus chonaic sé an mháthair os a cionn agus d'oscail sé a bhéal agus thit cúpla deor isteach. B'in an draíocht. Bhí sé ar a dhá ghlúin gan aon mhoill agus ansin ar a cheithre chos agus greim aige ar an sine agus é ag súrac leis ar a dhícheall.

Ach go hobann ghaibh freang tríd an máthair. Chuala sí rud. Níor bhog sí, níor chas sí, níor fhéach sí. Agus lean an searrach leis ag ól. Níor bhog sí go dtí gur chuala sí na guthanna os íseal taobh thiar di. Chas sí agus ba bheag nár thit an t-anam aisti nuair a chonaic sí an dá bhád lán de dhaoine ar an dtrá.

Ach bhí siad ag féachaint ar an gcapall agus ar a searrach agus iontas orthu.

'Seo,' arsa an t-iascaire, 'féach an diabhal. Beir uirthi.'

'Ní bhéarfaimid,' arsa bean darbh ainm Kití Kit. 'Nach bhfeiceann tú an searrach agus é ag diúl?'

'Cad mar gheall air? Níl ann ach ainmhí!'

'Má théann tú in aice leo, ar mo leabhar go mbuail-fead leis an gcasúr seo thú. An gcloiseann tú mé?' Agus chuir sí máilléad suas san aer in aice lena cheann.

Ana-mhall, shuigh sé arís isteach sa bhád. 'Go breá réidh, a Khití. Ní dhéanfar aon chur isteach orthu.'

'Sea,' arsa bean eile, 'ní thuigim é seo. Cad as a dtáinig an searrach?'

'Nach bhfuil sé soiléir? Rug sí an searrach ar an oileáinín seo.'

'Sea, mhuis, agus bhí uirthi snámh go dtí Oileán na Coise Fada gach oíche chun bia a fháil chun bainne a thabhairt dá searrach!'

'Chun robáil a dhéanamh,' arsa Heití de scread. 'Pióga meacan bán ní bheidh....'

'Dhera, éist do bhéal, a Heití,' arsa Kití. 'Tú féin agus do phióga damanta meacan bán. Is rud iontach é seo. Féach ar an mbeirt! Is míorúilt é! Céad moladh le Dia na Glóire, níor chuala a leithéid riamh!'

'Laoch de mháthair atá againn anseo, a dhaoine,' arsa bean eile.

'Sea,' arsa Kití, 'tá sé in am againn faoiseamh a thabhairt don mbeirt acu in ionad a bheith á mbualadh le bataí.'

Labhair an fear beag. 'Bí cúramach anois, a dhaoine. Tá an searrach ag fáil bháis.'

Scread Heití amach. 'Más é sin an searrach cá bhfuil an stail?' Bhain seo gáire as na mná agus ba bheag nár thit Kití ar an dtrá le sult.

Bhí an searrach ag súrac leis agus an glór a dhein an slogadh ina scornach le cloisint ar fud na trá. Agus lean sé air go dtí go raibh a mháthair rite tirim aige. Ag an bpointe seo labhair an captaen. 'Tá go maith más ea, a dhaoine. Cuirimis an searrach isteach sa chairt agus ligimis don mháthair é a tharrac thar n-ais go dtí ár n-oileán. Sea, cuirigí chuige. Tá an taoide ag tuilleadh.'

Agus bhí gach éinne sásta é sin a dhéanamh—ach an t-iascaire, mar lean seisean ag gearán is ag tabhairt amach.

'Is ait an mac an saol,' ar seisean. 'Gach duine ar a shon féin is bíodh an diabhal ag an duine deireanach.'

Amach sa tráthnóna shrois an dá chapall Oileán na Coise Fada. Cuireadh isteach i bpáirc iad is thosaigh Gealach ag iníor láithreach mar bhí sí lag le hocras. Ní raibh aon ghearán ag an searrach, ach é breá sásta leis an saol.

Bhí an cúpla ag marcaíocht ar dhá chapall agus iad ag déanamh ar gheata an tí agus iad ag caint ar an ndinnéar a bhí ag feitheamh leo.

'Quiche atá uaim, agus sailéad Caesar,' arsa Liz.

'Déanfaidh pizza Domino an gnó domsa agus dhá chóc,' arsa Jack.

'Sea ach....' Stop rud éigin na focail i mbéal Liz. 'A Jack, an bhfeiceann tú an rud a fheicimse? An jíp Cherokee á tiomáint amach as an gclós ag strainséirí!

Isteach leo sa chlós agus scread siad ar Bhill. 'Hé, a Dhaid, cad atá ar siúl? An jíp, féach amach í.'

Chonaic Bill ag teacht iad agus shocraigh sé ar shiúl go deas réidh chucu. 'Seafta tiomána briste,' ar seisean.

'An bhfuil?' arsa Jack, 'Conas go bhfuil siad ábalta ar í a thiomáint, más ea?'

'Ceist mhaith. Ní hé an seafta tiomána é.' Ana-mhall ar fad tháinig siad anuas de na capaill.

Lá arna mhárach chuaigh an cúpla agus Jane sa Volks ag cuardach ar an gcósta. Bhí Jane ag tiomáint, Jack i mbun léarscáileanna, Liz ag taibhreamh sa chúl. Gan aon choinne labhair sí le Jane, 'A Jane, stop an gluaisteán led' thoil.' Stop Jane.

D'éirigh Liz amach ar an mbóthar agus dúirt leis an mbeirt, 'Ní bhead i bhfad. Tá a fhios agaibh cá bhfuil-imid.'

D'imigh sí léi síos bóithrín in aice na farraige go dtí go

dtáinig sí chomh fada le geata mór dubh iarainn go raibh meirg tagtha air. Isteach léi agus bhain sí díoscán as an ngeata agus síos an casán léi trí na clocha teampaill go dtí go dtáinig sí go dtí cloch eibhir. Níor fhéach sí air ach shuigh sí taobh leis is stán sí isteach san aer. Ach ar ball d'fhéach, agus is éard a bhí scríofa ar an gcloch:

ELLE LA TOUR

1978–2010

TWILIGHT AND EVENING BELL

AND AFTER THAT THE DARK

AND LET THERE BE NO SADNESS OF FAREWELL

WHEN I EMBARK

Tar éis tamaill tháinig Jack isteach sa reilig agus lean Jane. Shuigh siad mórthimpeall Liz. Faoi dheireadh labhair Jane. 'Sea, a Liz a chroí, tá sé in am againn an comhrá úd a bheith againn.'

'Níl aon chomhrá uaim,' arsa Liz, 'mar táimid go léir anseo anois, arís.' Bhí Jack chun rud éigin a rá ach stop rud éigin é. Bhí Jane chun rud éigin a rá ach stop sise freisin. Lean siad leo ag féachaint is ag féachaint ach gan aon chaint uathu is gan le cloisint ach crónán na mbeach sna plandaí a bhí in aice leo.

Sa deireadh labhair Liz ana-chiúin le Jane. 'An mbeidh Daid ok?'

'Beidh, a chroí. Fág fúmsa do dhaid.'

'Agus fág an capall fúmsa agus Liz, a Jane.'

'Braithim níos sáimhe ó thánag anseo,' arsa Liz.

'Mise freisin,' arsa Jack.

'Is maith sin,' arsa Jane, agus lean siad mar sin i gciúnas na reilige gan a bheith ag caint. Ach cé nach raibh siad ag caint bhí rud éigin ar siúl acu agus ní comhrá a bhí ann ach tuiscint.

Sa deireadh chuaigh siad ag cuardach arís is chuaigh siad chomh fada le Plimington mar bhí an áit sin ainmnithe ag an gceimiceoir. Ní raibh an capall bán feicthe ag éinne, ach dúirt bean amháin leo go raibh ráflaí cloiste aici mar gheall ar chapall a tháinig i dtír in Oileán na Coise Fada.

'Ráfla eile,' arsa Jack, mar fén am seo bhí céad ráfla cloiste acu, agus d'aontaigh an bheirt eile leis. Ach nuair a bhí siad imithe abhaile rith sé le Liz go raibh rud éigin ag caint léi fén oileán sin.

Agus lá arna mhárach cad a dhein siad go luath ar maidin ach dul ó thuaidh ar na rothair. Nuair a bhí an taoide imithe amach bhí sé ar a gcumas siúl isteach go dtí an t-oileán.

Tháinig siad ar ball go dtí sráidbhaile — Baile na Srann — agus leathdhosaen tithe nó mar sin ann. Sheas an bheirt acu i lár na sráide agus d'fhéach siad ina dtimpeall. Chonaic siad cuirtíní á mbogadh sna fuinneoga cúpla uair ach ní fhaca siad éinne. Go hobann chuala siad doras á phlabadh in áit éigin.

'Cuireann an áit seo isteach orm. Tá sé aisteach,' arsa Jack.

Tá, tá siad rófhada san oileán seo,' arsa Liz. 'Ach cén

fáth go bhfuilim ag féachaint suas ar na faillte sin thuas?'

Bhí a fhios ag Gealach, mar bhí boladh an chúpla faighte aici agus í beagnach as a meabhair ag iarraidh éaló as an bpáirc. Stop sí agus an searrach ag an ngeata ag féachaint amach ar shaol a bhí ag dul in uaigneas.

Ag an bpointe sin cé a bhuail síos an bóithrín chucu ach an captaen. Labhair Jack leis go deas múinte.

'Chailleamar capall, a dhuine chóir. An mbeadh sí san oileán seo, an bhfuil a fhios agat?'

'Tá capall san oileán seo. Féach thall é,' arsa an captaen, agus dhírigh sé a mhéar ar uaigh an chapaill eile, agus lig sé gáire as, agus bhog sé ar aghaidh.

'Bhí an ceart agat, a Jack. Tá siad aisteach anseo timpeall.'

Chuaigh siad go dtí an chéad doras agus bhuail siad cnag air. Bhí daoine ag cogarnaíl laistigh den ndoras ach níor oscail siad é.

Ag an gcéad doras eile cé a bheadh ann ach an t-iascaire. D'fhéach sé ar an mbeirt agus chroith sé a cheann, 'Níl aon chapall san oileán seo,' ar seisean is bhain sé plab as an ndoras.'

Lean an scéal mar sin go dtí an doras deireanach.

'Tá uisce faoi thalamh anseo, táim cinnte,' arsa Liz. 'Ní chreidim na daoine seo in aon chor. Táim cinnte go bhfuil Gealach anseo in áit éigin. Braithim go bhfuil sí ag caint liom.'

'Bainimis triail as doras amháin eile,' arsa Jack, agus bhuail sé cnag ar an ndoras. Tháinig Heití amach.

'Ó, níl aon eolas againn ar chapaill. Tá tarracóir againne,' arsa sise go hardnósach agus gáire ait ar a pus aici.

'Ach chualamar go raibh capall bán feicthe san oileán seo.'

'Oileán, oileán? An bhfeiceann sibhse oileán anseo?'

'Sea, is oileán é seo.'

'Tig leat siúl go dtí an míntír.'

'Sea,' arsa Jack, 'nuair a bhíonn lagtrá ann.'

'Bhuel, scrios orm muna bhfuilim ag éisteacht le gearrachaint drochmhúinte.'

Ach díreach ag an bpointe seo chonaic Liz an bróiste ar bhlús Heití. Thug sí sonc do Jack is thaispeáin dó é.

'Bhí ár gcapall ag caitheamh an bhróiste sin nuair a chailleamar í.'

Ba bheag nár léim Heití. 'Bhuel, ar mo leabhar, a leithéid de rud, a rá is go bhfuil ráite aige go gcaithfinn rud a bhí ar chapall! Bíodh a fhios agat gur óm' shean-mháthair a fuair mé é sin. Agus níl sa bheirt agaibh ach bagáiste. Sea, bagáiste adeirim!' Agus phlab sí an doras ina n-aghaidh.

Bhí áthas an domhain ar Liz agus rug sí barróg ar Jack. 'Bhí a fhios agam go raibh sí anseo in áit éigin. Seo, téimis abhaile is faighimis cabhair, agus tiocfaimid ar ais anseo.'

'B'fhéidir nach bhfuil aon chabhair le fáil sa bhaile.'

'Bhuel, fágann san go gcaithfidh an bheirt againn teacht ar ais inár n-aonar.'

Agus sin é díreach an rud a dhein siad.

An oíche sin tháinig jíp agus bosca capaill á tharrac aici isteach san oileán, í ana-chiúin agus na soilse múchta uirthi. Stop sí sna dumhcha agus d'éirigh triúr amach aisti, an captaen, fear darb ainm Rick, agus fear eile, Tuggaí. Bhí téada acu.

Bhí soilse fós i gcuid de na tithe. 'Cathain a théann na hicímúcaí seo a luí?' arsa Tuggaí.

'Hicímúcaí!'

'Sea, síolta féir, durra darraí, núidlí, cloigne boga, cloigne sluaiste, bathlaigh.'

'Éirigh as,' arsa Rick. 'Anois conas a bhéarfaimid uirthi?'

'Ceistigh Cloigeann Muiceola anseo,' arsa an captaen.

'Féach anseo, a smut bia coileáin, táim chun....'

'Focal eile asat is ní bheidh tú linn arís go deo,' arsa Rick de scread. 'Anois cá bhfuil an capall? Seol chugainn í.'

Chuaigh siad suas go dtí an pháirc ina raibh na capaill, ach bhí a fhios ag na capaill cad a bhí ar siúl agus bhí siad imithe síos go bun na páirce.

Stop an triúr ag an ngeata. 'Sea, cad a dhéanfaimid anois?' arsa Tuggaí.

Bhí an captaen ar buile, 'Tá sibhse in ainm is a bheith in bhur ndaoine proifisiúnta agus tugann sibh libh anseo aineolaí mar seo!'

Ba bheag nár sháigh Tuggaí le scian é ach gur stop Rick é. 'Seans deireanach,' ar seisean le Tuggaí.

Shocraigh siad ar lasú a dhéanamh ar Ghealach, ach bhí sí róchliste dhóibh. Bhí siad, an triúr acu, ag titim is ag éirí ar fud na páirce go dtí gur rith seift leis an gcaptaen. An searrach a ghabháil ar dtúis is go leanfadh an láir é. Agus sin é díreach an rud a dhein siad, agus rug siad láithreach ar an searrach, agus seo Gealach sall chuige chun cabhrú leis. Agus lean sí é an tslí ar fad go dtí an tréiléar. Chuireadar an searrach isteach sa bhosca, dhún an doras air, is ghluaiseadar leo amach ar an dtrá a thug sall go dtí an míntír iad. Lean Gealach iad de na cosa in airde an tslí ar fad. Bhí páirc ag feitheamh leo ar an míntír agus ansin isteach a cuireadh an bheirt acu i gcomhair na hoíche. Dá olcas é bhí oíche bhreá eile acu le chéile agus fén am seo bhí dóthain bainne ag Gealach agus flosc ar an searrach chun na sine. Ach thuig Gealach go gcaithfeadh sí seifteanna agus pleananna a bheith aici don lá arna mhárach mar bhraith sí mar sin ina cnámha — tar éis an tsaoil ba chapall í agus aigne capaill aici.

Tar éis an bhricfeasta ar maidin níorbh fhéidir leis an mbeirt acu Jane a fháil in aon áit. Sa deireadh fuair Liz amach go raibh polladh i gceann de na boinn rothair.

Agus ní raibh an trealamh deisithe ag ceachtar acu.

'Cad a dhéanfaimid?' arsa Liz.

'Mise fear na seifteanna. Tá an t-ádh leat go bhfuil-imse mar dheartháir agat. Téanam.' Lean Liz é ach ní raibh aon choinne aici go gcuirfí ina suí isteach sa Volks í agus, i bhfaiteadh na súl, an chairt tosaithe aige agus iad ag léimreach síos an bóithrín. Ní dúirt sí aon rud ar feadh tamaill, aon rud faoi Jane, faoi ghardaí, faoi chead-únas. Ach ansin thosaigh sí ag gáire. Ansin ag scairteadh gáire, agus lean Jack í. B'in mar a chaith siad an t-aistear ó thuaidh go dtí an t-oileán.

Bhain siad an Chois amach agus gan aon mhoill bhí siad ag tiomáint soir tríd an gCois chéanna mar bhí an taoide in oiriúint dóibh. Nuair a shrois siad an sráid-bhaile ní raibh éinne le feiscint in aon áit. Thriail siad gach áit. Chuaigh Jack síos go dtí an caladh beag agus chuaigh Liz suas go dtí na faillte. Tháinig sí ar an ngeata. Bhí sé ar oscailt—rud neamhghnáthach i bhfeirm. Agus chonaic sí go raibh ainmhithe tar éis bheith ag iníor ann le déanaí. Ansin léim a croí nuair a fuair sí amach gur capaill a bhí ann. Agus bhí siad imithe. Cár chuaigh siad? Thosaigh sí ag scrúdú an fhéir agus na páirce. Shocraigh sí ón bhfianaise gur capall a bhí ann agus asal nó miúil. Bhí sin cloiste aici go raibh na capaill ana-thugtha do na hasail mar chompánaigh.

Ach díreach ar an nóiméad sin chuala sí glór Jack ag glaoch uirthi agus sceitimíní air. 'Liz, Liz, tar anseo go tapaidh go gcloise tú!'

Rith sí ar a dícheall ar ais go dtí an sráidbhaile mar a bhfuair sí Jack agus fear beag ag caint le chéile.

'Tá sí againn, ár nGealach. Éist leis seo.'

Labhair an fear beag ana-íseal amhail is go raibh sé breoite. 'Ní hea a mhic. Níl ach leath an scéil agat. Do chapall bán níl ansin ach leath amháin!'

'Leath amháin!'

'Sea! An leath eile, an searrach!' Bhain sin tost as an mbeirt, tost a lean go dtí gur labhair Jack. 'I gcuntais Dé, conas searrach?'

'Do chapallsa tháinig sí i dtír sa stoirm in oileáinín atá thiar ansin agus is ann a rug sí a searrach.'

Léim Jack suas síos bhí sé éirithe chomh haerach san. 'Is míorúilt é sin! Míorúilt! Ní tharlaíonn míorúiltí. Níor chreid mé riamh iontu. Ach anois....'

'Ní bréag é seo, a dhuine chóir?' arsa Liz.

'Ní bréag é, a chroí. Tá searrach aici, searrach chomh dubh leis an oíche.'

'Wow!' arsa Liz, 'Gealach mar mháthair, agus Oíche mar mhac! Wow! Wow!' Agus thosaigh sí ag válsáil ar fud na trá.

'Níl ach rud amháin eile. Drochscéal! Ghoid dream éigin an bheirt acu!'

'An seanscéal céanna go deo deo,' arsa Liz, agus chaith sí í féin ar an dtrá. 'Táim réidh leis mar scéal. Réidh, an gcloiseann sibh?'

D'fhéach an bheirt fhear síos uirthi. Bhí fáinní ar na súile mar bhí scéal an bhaile ag baint codladh na hoíche di. Agus í de shíor ag déanamh cumha na máthar.

'Ná caill do mhisneach anois agus sinn beagnach ann!'

'An ceart aige,' arsa an fear beag. 'Tá tuairim agamsa cá bhfuil siad imithe.' D'éirigh Liz. 'An bhfeiceann sibh an gaineamh?' arsa an fear beag. 'Féach lorg na rothaí. Chuaigh tréiléar amach anseo le déanaí agus lean capall é. Féach síos an trá é!' Chuaigh an bheirt ar a nglúine agus scrúdaigh siad an lorg.

'Sea,' arsa Liz. 'Gealach a lean an tréiléar, táim cinnte de.'

'Cén fáth go leanfadh sí an tréiléar?' arsa Jack.

Ach ní raibh a fhios acu go dtí gur labhair an fear beag. 'Mar bhí an searrach sa tréiléar. Seanchleas é sin. An capall atá uathu, an searrach atá uaithi.'

'Agus cá bhfuil siad anois?'

'Tá tuairim agam,' arsa an fear beag. 'Éist anseo liom agus féach ar an léarscáil ar an ngaineamh.' Agus d'fhéach siad ar an rud a scríob sé ar an ngaineamh.

Bhí Gealach thíos ag bun na páirce, chomh fada ón ngeata is a fhéadfadh. Mar drochdhaoine ba ea iad seo agus thuig sí é sin agus thuig an searrach bocht é freisin. Bhí a dóthain féir ite aici agus bhí a dhóthain bainne ólta ag an searrach. D'fhan siad thíos i mbun na páirce ag feitheamh.

Bhí an ceart aici mar tuairim is meán lae chonaic sí an tréiléar agus an jíp ag teacht go dtí an pháirc. Stop siad agus d'oscail siad an geata. Bhí téada acu agus shiúil siad síos go dtí na capaill. Bhí seift ag Gealach agus bhí a fhios ag an searrach go raibh rud éigin ar bun mar bhí sé ullamh freisin.

Nuair a bhí siad in aice na gcapall, thosaigh Tuggaí ar na briathra milse agus gach 'a chapaillín bhreá' as. Agus nuair a bhí siad réidh chun breith ar an searrach lig an capall seitreach uafásach aisti agus léim sí amach thar na fir. Scread siad is theith siad agus d'imigh an dá chapall mar philéar as gunna síos an pháirc. Lá mór spóirt don searrach a bhí ann — ní raibh a leithéid de rás riamh aige. Lean siad ag gearradh na nóiníní go dtí gur bhain siad amach an geata a bhí ar oscailt. Ní raibh aon stopadh mar sciuird siad amach ar an mbóithrín is do chas chun dul amach ar an mbóthar mór.

Deirtear go bhfuil capaill dall ar dhathanna. Seans gur fíor, mar níor thóg Gealach aon cheann don Volks buí a ghaibh tharstu agus iad ag teitheadh leo as an áit. Agus bhí Gealach chomh gnóthach san nach bhfuair sí boladh an chúpla as an ngluaisteán. Ghlan na capaill síos an bóthar mór agus na gluaisteáin go léir ag séideadh ar dalladh. Stop siad bus, dhá leoraí, trí cinn de thochaltóirí, agus mar sin de, agus gach adharc ag séideadh.

Chonaic an cúpla cad a tharla agus conas mar a bhí an scéal. Chonaic siad na fir — triúr acu ag déanamh orthu an pháirc síos. Ba leor san chun go dtuigfidís go raibh sé in am bheith ag priocadh leo. Mheas Liz go raibh gunna i láimh duine amháin díobh.

'Scrios leat as an áit seo!' ar sise de bhéic agus ní

fheicfeá iad le méid na smúite a bhí ag séideadh as píobáinín an ghluaisteáin.

'Tá an tóraíocht tosaithe, a Liz,' arsa Jack 'agus táim ar cipíní chuige.'

'Mise leis,' an freagra.

Bhí míle murdal nach mór istigh sa jíp, agus an milleán á chur acu ar a chéile.

'Fear gnótha mise agus ní fear sorcais,' arsa an captaen agus é ag béiceadh.

'Ná héisteodh an bheirt agaibh! Ná feiceann sibh na cops sa mhullach orainn!'

D'fhéach an bheirt siar agus léim siad nuair a chonaic siad na soilse dearga.

'Ó, Dia go deo linn, scaoil amach as an mbuicéad seo mé. Is captaen mara mé, níl aon chur amach agam ar sheónna bóthair.'

Scinn na póilíní tharstu gan aon spéis a chur iontu, rud a thug misneach do Tuggaí. 'Rick a bhuachaill, táimid i dtrioblóid agus an bolg buí seo in aice linn. Níl misneach spideoige ann.'

'Éist le clabhn an tsorcais. Bhí na capaill againn agus anois níl. Agus an milleán ar Chloigeann Scadáin anseo.'

'Na héisteodh an bheirt agaibh! Conas a bhéarfaimid ar na capaill anois?'

'Fág fúmsa é,' arsa Tuggaí. 'Nach bhfuil sé soiléir go bhfuil na capaill ag rith? Ach caithfidh siad stopadh ar ball mar nach mbeidh a thuilleadh ráis fanta iontu, béarfaimid ansin orthu.'

Ní raibh aon iontaoibh ag éinne as Tuggaí a thuill-
eadh ach d'éist siad leis, fiú an captaen.

Bhí an Volks buí díreach laistiar den dá chapall. Ba léir
nach raibh a fhios ag Gealach cé a bhí sa ghluaisteán ach
bhí a fhios ag Gealach go raibh an searrach ag éirí
tuirseach. Agus cad a dhéanfadh sí ansin?

'Eagla atá orm go bhfeicfidh na cops go bhfuilim gan
cheadúnas,' arsa Jack.

'Eagla atá ormsa go bhfeicfidh siad na capaill agus
sinne díreach ina ndiaidh.'

Díreach ar an nóiméad sin chonaic siad na póilíní ag
teacht an dara huair agus na soilse dearga ag lonradh acu.

Chas na capaill síos bóithrín agus díreach in am lean
an Volks iad. Ach ghaibh an jíp díreach ar aghaidh mar
bhí na cops feicthe acu. Sin é an uair a tháinig na póilíní
díreach taobh thiar díobh.

'Tá beirthe orainn,' arsa an captaen de gheoin.

'Dhera, conas beirthe orainn?' arsa Rick. 'Níl aon rud
déanta as an tslí againn go fóill, an bhfuil?'

Lean na póilíní díreach laistiar díobh ach ní raibh
éinne ag stopadh agus is dócha go raibh siad ag faire ar
rud éigin — go dtí gur rith sé leis an gcaptaen. 'Tá doras
an bhosca chapaill ar leathadh agus é ag plabadh!'

'Chríost,' arsa Rick. 'Má stopann siad sinn fág gach rud
fúmsa, ok?'

Síos an bóithrín leis an dá chapall agus ionadh ar an máthair go raibh rás fanta sa searrach i gcónaí. Rith an bóithrín isteach i ngort agus rith na capaill isteach freisin. Páirc ana-mhór ar fad a bhí ann agus a lán daoine ann, mar cúrsa gailf ba ea é agus comórtas mór ar siúl acu.

Stop an Volks i mbéal na páirce agus lean súile an chúpla na capaill agus iad ag rith trasna an chúrsa.

'Tá siad ag déanamh ar phlásóg!' arsa Jack de scread. 'Brisfidh siad isteach ar an gcomórtas. Sin a thuilleadh dlí — níl aon árachas againn!'

'Is cuma,' arsa Liz. 'Ní aithneoidh éinne iad, agus tá ár gcapaill againn.'

Bhí an ceart ag Jack mar ghaibh an dá chapall caol díreach tríd an bplásóg agus daoine ag scaipeadh is ag béiceadh rompu. Ach ba chuma leis na capaill. B'fhéidir go raibh siad ag baint spóirt as, ach bhí beagán eagla ar Ghealach. Ar aghaidh leo trasna an chúrsa agus daoine á leanúint chun iad a chaitheamh amach.

Bhí tuairim ag Jack cá raibh siad ag dul. Scoil Higgerton, scoil ghalánta do snabanna na háite. Seo amach leis an Volks ar an mbóthar mór is an comhgar á thógaint acu go dtí an scoil. 'A Liz, tá súil agam nach ndéanfaidh siad damáiste eile in Higgerton.'

'Is cuma liomsa,' arsa Liz. 'Má dheineann féin ní aithneoidh éinne iad. Agus tá ár gcapaill againn.'

Istigh i Scoil Higgerton bhí giomnáisiam oilimpeach

mór galánta agus bhí an pláistéir seo tar éis ana-jab go deo a dhéanamh ar an urlár — jab mór athphlástrála. Bhí sé beagnach chomh mór le leathacra agus é díreach críochnaithe. É fliuch fós, ach é chomh réidh le pláta.

B'in é an uair a chuala sé fothram. Capaill, an ea? Sea, capaill. Ach bhí na capaill ag teacht sa treo seo agus an chasúireacht a dhein na crúba ag dul i ngéire. Ach bhí na doirse móra ar oscailt agus bhí siad ag déanamh orthu.

Scinn dhá chapall isteach sa ghiomnáisiam. Láir mhór chomh bán leis an ré lán agus searrach chomh dubh leis an oíche agus, cé go raibh an t-urlár chomh fliuch bog le leite ba chuma leo. Agus seo an bheirt acu síos tríd an urlár fliuch ag cur braonacha suiminte suas san aer ar dalladh, agus béiceadh leath-thachtaithe ag teacht ó fhear a bhí ina sheasamh thíos i mbun an tí. Nuair a chonaic an dá chapall an fear d'athraigh siad cúrsa is chuaigh siad ó thuaidh, ach chuir an béiceadh ar chúrsa eile iad agus ghaibh siad ó dheas tríd an urlár a bhí anois ina phraiseach agus ina láib. Siar is aniar suas is anuas leo go dtí gur éalaigh siad leo na doirse móra amach.

Thit an toitín as béal an fhir, is dúirt sé rud éigin ach glothar ba ea é. D'fhan sé ag féachaint ar an urlár a bhí chomh satailte buailte le páirc an aonaigh fadó. Lean sé ag féachaint, agus ag rá 'Níl sé seo ag tarlú. Níl, mhuis.' Ach níor imigh an t-urlár. Agus ansin rud ait, fothram eile. Gluaisteán! Agus bhí sé ag teacht sa treo seo. D'aithnigh sé an ghrágaíl ón ineall. Volks! Agus seo isteach de shiúl na gcos beirt dhéagóir, buachaill is cailín. D'fhéach siad ar an urlár, ansin ar a chéile. 'Leithscéal, a dhuine chóir, an bhfaca tú dhá...?' arsa an buachaill.

'Dhá cad é?'

'Faic,' arsa an cailín. 'A dhuine chóir, ar ordaigh tú pizza?'

Thuig an fear go raibh baint acu leis na capaill agus rug sé ar shluasad. Theith an bheirt eile amach agus léim isteach sa Volks agus phreabadar chun siúil ach, cé gur éirigh leo éaló, fuaireadar lán na sluaiste de shuimint mar smearadh ar an ngaothscáth. Bhí an bheirt acu ar leathgháire is ar leathscéin mar níl aon dabht ná go raibh an bheirt acu corraithe go maith ag an lá.

'Sea, cá bhfuil na capaill imithe?' arsa Liz.

'Tuairim níl agam, mhuis.'

An rud go raibh Gealach ag súil leis, tharla sé. Go hobann, tar éis dóibh éaló as an ngiomnáisiam agus iad ag rith síos bóithrín beag, stop an searrach den rás agus thosaigh ag sodar, ansin ar bogshodar, agus sa deireadh ní raibh ach siúl beag faiteach á dhéanamh aige. Bainne a bhí uaidh agus é ceanndána go maith mar gheall air. Bhí a fhios ag Gealach go rabhadar ró-oscailte ach bhí fuar aici. B'éigean di géilleadh is ba ghearr go raibh an t-eireaball ag croitheadh arís. Agus lean sé air go dtí go raibh an bolg sásta. Ní raibh sé sásta dul ag rith a thuilleadh, ach siúl deas réidh a dhéanamh lena mháthair síos an bóithrín agus scáileanna an dá chapall ag siúl síos taobh leo. Agus bhí gach rud ina cheart go dtí gur bhain siad amach an bóthar mór seo. Shiúil siad isteach ann. I nganfhios dóibh bhí siad i gcalafort beag — calafort a bhí ag freastal ar thrádáil chapall, trádáil a chuirfeadh na capaill ó dheas i longaibh go dtí Portland, Maine nó go dtí an Eoraip.

Gan aon choinne fuair siad iad féin i dtréad mór capall a bhí ar bogshodar leo. B'éigean don mbeirt bogshodar a dhéanamh freisin chun coinneáil suas leo. Agus go hobann fuair siad iad féin ar na dugaí agus fir ag cur na gcapall go léir i locaibh. Bhí ceithre cinn de longa móra ceangailte suas ag na dugaí.

Tháinig fir, mairnéalaigh, feirmeoirí, oibritheoirí de gach saghas, chun na capaill a thiomáint isteach i seid mhór — ceann chomh mór le haingear eitleáin agus istigh ansin bhí na loic. Cuireadh Gealach isteach i loc amháin agus an searrach i loc eile. Nuair a fuair an searrach é féin scartha óna mháthair bhí sé ana-thrí chéile ar fad. Dhein siad seitreach ar a chéile ach bhí an oiread sin gleo ann go raibh sé deacair iad féin a chloisint. Ach níorbh é sin an rud ba mheasa. An tuiscint a bhí braite ag Gealach ar na capaill eile ná drochscéal. Ar chuma éigin bhí an riocht ina raibh siad anois ní ba mheasa ná riamh. Bhí neirbhís ag teacht uirthi is bhí a searrach uaithi láithreach. Agus ba léir go raibh an scéal céanna braite ag na capaill eile, mar bhí an sceoin chéanna ina súilibh.

Agus an sceoin chéanna ar na daoine a bhí sa veain mór páirceáilte in aice leis na capaill. Gníomhaithe cearta ainmhithe ba ea iad. Labhair an fear a bhí i gceannas orthu isteach i bhfón póca.

'Fágann san go bhfuil daichead capall sa long?' De réir dealraimh bhí na gníomhaithe seo lándáiríre agus fearas míleata orthu, os na balaclávaí síos go dtí buataisí saighdiúirí, gan trácht ar na sceana, gearrthóirí boltaí, casúir agus mar sin de, a bhí acu go léir — mná san áireamh.

Agus mná tufálta a bhí iontu. 'Sea, daichead, agus gach ceann díobh le marú ag búistéirí,' arsa gníomhaí mná.

'Sea,' arsa gníomhaí eile, 'ach géillimid gur daoine daonna sinn agus go n-ithimid feoil. Is i gcoinnibh na cruáltachta atáimidne.'

'Nach tuisceanach atánn tú,' arsa gníomhaí eile go searbhasach léi.

Ach bhris gníomhaí eile isteach orthu. 'Tá na meáin tagtha. Pé rud a dhéanfaimidne inniu déanfaidh an domhan mór amárach.'

'An ceart ar fad agat,' arsa gach éinne.

Bhí Gealach ar a dícheall chun súil a choimeád ar an searrach mar thuig sí nach fada a sheasfadh sé na capaill mhóra gan a mháthair. D'fhéach sí i ngach áit féachaint an bhfeicfeadh sí aon tásc air. Ní fhaca agus bhraith sí an eagla ag éirí ina croí. Ansin go hobann chonaic sí a phus ach ní raibh ann ach soicind agus bhí sé imithe arís. Lig sí éagaoin fhada de sheitreach aisti agus ba léir gur chuala sé í mar thaispeáin sé a aghaidh uair amháin eile. Bhí sé feicthe aici agus bhí sé ina bheatha. Ba leor sin. Ach an rud eile a bhí ag cur isteach uirthi ná an sceoin a bhí ag teacht ós na capaill eile. Bhí sé damanta.

Tháinig beirt oibrí isteach go dtí na loic agus é de chúram orthu na capaill a thiomáint isteach sna longa. Bhain duine acu an searrach amach agus ar seisean lena chompánach, 'Hé, tá an capall seo ana-bheag, nach bhfuil?'

'Mar a bhíonn ag daoine, cuid acu mór cuid acu beag.'

'Bhuel ní mórán a gheobhaidh na crogaill as an gceann seo.'

'Go breá réidh! Cad é seo faoi chrogaill? Ag magadh atánn tú!'

Chuaigh an t-oibrí eile suas go dtí na capaill agus stán sé isteach sna súile orthu. D'fhéach siad go léir thar n-ais air, mar dhea is go raibh siad ag caint leis.

'Mar go bhfuil siad ag tógaint crogall anois i linnte ar mhaithe leis an gcraiceann, tá a fhios agat. Craiceann na gcrogall, tá a fhios agat, bróga déanta de chraiceann na gcrogall.'

'Á, tuigim anois, crogaill sna linnte, agus caitheann siad chucu na capaill. Ina mbeatha?'

Chas an fear eile ar a sháil ana-thapaidh. 'Ina mbeatha. Wow! Níor chuimhníos air sin riamh.'

Chuaigh an bheirt acu sall go dtí na capaill agus dhein siad stánadh orthu. Dhírigh duine acu a mhéar i dtreo Ghealach. 'Féach an dream sin,' ar seisean. 'Tá siad san go léir ag dul go dtí an Fhrainc.'

'Á, chun an Túr Eiffel a fheiscint is dócha.'

'Ná an diabhal Túr Eiffel. Ní fheicfidh siad ach an taobh mícheart de phláta dinnéir.'

'Is fada an t-aistear go dtí an Fhrainc. Cá bhfuil a gcuid féir?'

'Ní bheidh gá le féar. Tá siad chun búistéireacht a dhéanamh orthu sa long, tá a fhios agat. Agus an bhfeiceann tú an dream sin ina bhfuil an capall beag — bia mhadra, New Hampshire.'

'Bia mhadra! Tá madra agamsa, rótvaidhléir. Is breá leis a chuid bídh.' Agus de réir mar a lean siad den gcaint is ea méadaíodh ar eagla na gcapall.

Thíos mar a raibh lucht cearta ainmhithe bhí gach gníomhaí díobh ar cipíní. Labhair an duine a bhí i gceannas orthu. 'Sea, téimis ina chomhair, ach gan aon troid a chur orthu. Níl ansco ach léirsiú. Ní cath é. Ní scaoilfimid capaill saor ach as loc amháin. Briseadh dlí é ach caithfear rud éigin a dhéanamh. Ok, cuirigí chuige.'

Sin é an uair go dtáinig scata mór fear is ban as na veaineanna go léir is d'imigh sa rás faoi dhéin na long.

Chuaigh siad ceangailte le scata léirsitheoirí a bhí tagtha ó Halifax agus iad san le dream eile agus mar sin de go dtí go raibh slua mór agus an áit dubh acu agus bodhar acu. Scairt duine éigin amach 'Hé, aire, seo chughainn an fuzz'. Agus an ceart aige mar seo isteach go dtí na dugaí tuairim is deich gcinn de scuadcharranna agus na soilse dearga acu ag soilsiú na háite.

Rith scata ban suas go dtí na póilíní le bratacha is thosaigh ag leirsiú — agus scríte ar na meirgí a bhí acu bhí DEIREADH LE CRUÁLACHT agus STOP LE hEASPÓRTÁIL BHEOSTOIC.

Bhí argóint ar siúl i dtigh La Tour. Bhí Jane ag iarraidh misneach a thabhairt do Bhill ach bhí sé deacair mar bhí sé ag ól.

'Bhí mé ag siúl síos an ardshráid ar maidin is cad a chífinn istigh san Economy Showroom ach an jíp Cherokee. Deireadh an scéil domsa.'

'Ní deireadh an scéil é. Tá beirt pháiste breátha amuigh ansin agat. Cuimhnigh orthu.'

'Beirt pháiste. Sea, agus inné bhí teach acu.'

Thóg Jane an taephota den sorn is líon amach di féin cupán. 'Inné,' ar sise. 'Agus céard faoi inniu?'

'Tá inniu sa litir bhán ar an mbord.' D'fhéach Jane air, ansin ar an litir. Tháinig an dá mhadra caorach isteach sa chistin, ansin isteach sa seomra suí. D'fhéach siad ar Jane, ansin ar Bhill, ansin ar Jane arís. Níor fhéach sí orthu.

D'fhág na madraí an áit is chaitheadar iad féin ar an dtalamh leasmuigh den ndoras. Bhí teas sa ghréin.

Leag Jane an tae uaithi is mhúch sí an raidió. Bhain sí an litir den mbord. Léigh sí í.

'An bhfuil sé seo fíor?' Shiúil sí chomh fada leis an bhfuinneog chun go mbeadh solas aici. 'A Bhill, na bainc! Tá siad chun an teach a bhaint dínn! Na bastairtí.' Shiúil Bill sall go dtí an bord cliathánach agus líon amach cnagaire dó féin.

'A Bhill, a chroí, nár mhaith an....'

'A Jane, dúisigh. Maidin Dé Luain, beidh siad anseo, sirriam, póilíní, baincéirí, an t-ardaingeal Gabriel, Béalzabúl, mise gus tusa agus ruball na muice. Tá an áit seo imithe, agus gach rud eile a bhí againn. Níl fágtha agam ach é seo im' láimh.' Agus shuigh sé síos ar an dtolg.

Chuir Jane a lámh ar a béal is shuigh sise síos ana-mhall chomh maith agus greim aici ar an gcathaoir. D'fhéach sí timpeall an tí. D'fhéach sí ar gach rud agus chríochnaigh na súile ar an dtaephota airgid. Nach maith gur ar an dtaephota freisin a bhí Bill ag féachaint ag an am gcéanna?

'Agus an taephota freisin?'

Níor fhreagair sé í ach d'fhéach sé uirthi is dhein sé a dhícheall aoibh a chur ar a bhéal—ach ní raibh sé fuirist. 'Nach ait é, a Jane, nach gcuimhním ar mo mháthair ach nuair a bhíonn an scéal go dona agam.'

Níor fhreagair Jane ach thuig sí cad a bhí á rá aige; is páistí sinn i gcónaí agus nuair a ghortaímid an ghlúin loirgímid an mháthair — fós, fiú agus í marbh.

Rith oibrí isteach go dtí na loic mar a raibh na hoibrithe eile.

'Lucht léirsithe, tá siad chughainn. Gníomhaithe! Gníomhaithe cearta ainmhithe. Caillfimid ár jabanna.'

'Bhuel, fuil is gráin orthu, na diabhail. Siad san na glasraíodóirí úd arís.'

'Tá an ceart agat, na glasraíodóirí sin, tá sé in am ceacht a mhúineadh dhóibh.'

'Tá, gan dabht,' arsa an chéad oibrí, 'Síos leis na glasraíodóirí agus suas leis na … na … na….'

'Feoiliteoirí!'

'Sea, feoiliteoirí abú!' agus bhailigh siad leo de rith.

Fágadh na capaill leo féin ach níor mhaolaigh san ar an imní a bhí orthu. Lean siad ag féachaint ar a chéile, agus lean an eagla.

Chualathas glórtha san imigéin agus bhí meigeafón ag bean éigin agus í ag screadaigh léi. Rith beirt ghníomhaí isteach sa tseid mhór agus gearrthóirí boltaí acu agus thángadar go dtí loc Ghealach agus d'oscail siad an geata. D'fhan siad taobh leis chun go dtarlódh rud éigin agus ba léir nach raibh aon chur amach acu ar chapaill. D'fhéach na capaill orthu. D'fhéach siad ar na capaill.

'Níl puinn eolais agamsa ar chapaill. Cén fáth nach mbogann siad leo tríd an ngeata oscailte?'

'Ní aithneoinn capall thar asal, a mhic, ach tá siad níos

aineolaí ná mar a mheas mé.' Chuaigh siad laistiar de na capaill agus bhuail siad na ráillí iarainn — theith na capaill. Ach ceann amháin ní bhogfadh. Dhein na gníomhaithe a ndícheall chun í a ruaigeadh as an áit ach chuaigh díobh.

'Seo leat, a bhean chóir,' arsa duine díobh, 'nó críochnóidh tú ar phláta.'

'Seo leat nó béarfar orainn,' arsa an fear eile. Agus d'éirigh leis an fear eile é a thabhairt leis. Agus iad ag rith leo as an áit thit na gearrthóirí as láimh an ghníomhaí agus chrom sé síos chun iad a thógaint arís. B'in é an uair a chonaic sé na crúba beaga. Sheas sé suas agus cuma caithréimeach ar a aghaidh.

'Searrach! Dia go deo linn, tá searrach aici. Sin é an fáth nár bhog sí.' Ach bhí an gníomhaí eile ag iarraidh é a thabhairt leis. Bhí an fear eile róláidir dó. Chuaigh sé thar n-ais agus scairt sé amach ar Ghealach. 'Gaibh mo leithscéal, a chapaill, ach gheobhaidh mé an searrach duit,' ar seisean. Rud a dhein. Thóg sé an searrach amach is thiomáin sé isteach i loc Ghealach é. Bhí sé ana-shásta lena chuid oibre agus nuair a bhí sé ag imeacht as an tseid, scairt sé thar n-ais orthu. 'Brostaigí oraibh nó críochnóidh sibh ar phlátaí dinnéir.'

B'in é an uair a thosaigh an searrach ag diúl. Bhí ionadh an domhain ar an ngníomhaí mar nach raibh a leithéid feicthe riamh aige. Sin é an uair a chuala sé an gleo chuige agus ghlan sé leis láithreach.

Bhí Liz agus Jack suas is anuas ar na bóithre ag lorg na gcapall ach níor éirigh leo. Bhí teipthe orthu. Go dtí gur rith smaoineamh beag le Liz. 'Bhfuil a fhios agat cad atá agam á chuimhneamh? Na cops. Chonaic siad na capaill. B'fhéidir go bhfuil a fhios acu cá bhfuil siad anois.'

'Go hiontach. An gceapann tú go bhfuilimse agus mé gan cheadúnas le dul ag....'

'Ní gá dhuit aon rud a dhéanamh. Fág an rud ar fad fúm.'

'Conas fút?'

'An cuimhin leat Cathy Bloom, seanchara le Mom? Póilín í, ina sáirsint thíos in Everton. Tarraing isteach in aon áit anseo agus gheobhaidh mé a huimhir ghutháin, ok?'

Rud a dhein, agus d'fhan Jack sa Volks agus é ag léimt gach uair a ghaibh an scuadcharr thairis. Ar deireadh thiar chonaic sé Liz ag déanamh air de rás. Léim sí isteach sa Volks.

'Is cigire anois í. Fuaireas an t-eolas gan stró. Chonacthas capall bán is capaillín dubh in éineacht léi thíos in aice na ndugaí i Shrimbury.'

'Ok, Shrimbury, seo chughat sinn.'

Bhí Gealach chomh sásta le cat agus í ag tabhairt bainne dá searrach, nuair a tharla rud a bhain an t-aoibhneas aisti go tapaidh mar cé a bhuailfeadh an doras isteach ach an triúr gránna, an captaen, Rick agus Tuggaí.

Ach níor stop san an searrach.

'Seo, seo,' arsa Tuggaí. 'Cuir na téada orthu is bímis ag gluaiseacht.'

'Ok,' arsa Rick. 'É a dhéanamh i gceart an turas seo, ok?'

'Beidh gach rud ina cheart faid is ná beidh aon bhaint ag an hicímúcaí seo leis.

'Níl an t-am aga....' arsa Rick

'Tá go maith,' arsa an captaen. 'Scagaim na lámha as mar scéal. Nílim chun cabhrú libh a thuilleadh. Níl sibh proifisiúnta, agus mhillfeadh an dul amú seo gach margadh a deineadh riamh, agus is léir go bhfuil sé ag feidhmiú ar ego ana-thanaí.'

'Cad sa diabhal is brí leis sin?' arsa Tuggaí, agus a bhéal ar leathadh.

'In ainm Dé,' arsa Rick, 'téim ar mo ghlúine chughaibh. Éirigh as an gcaint agus beir ar na diabhal capaill!'

Ach bhí sé ródhéanach. Tharraing Tuggaí a ghunna agus chuir sé beagnach isteach i mbéal an chaptaein é. 'Abair an rud san a thugais orm ó chianaibh, a chladhaire, abair é!'

'Ó, ó, a dhuine uasail, ní dúirt mé aon rud ach an togha. Ciallaíonn "ag feidhmiú ar ego ana-thanaí" gur duine ana-chliste thú.'

Gan aon choinne thosaigh bonnáin na bpóilíní ag séideadh.

'Cops,' arsa Rick agus léim sé. Isteach i measc na gcapall a chuaigh an bheirt eile. Scairt an captaen orthu.

'Isteach libh fésna capaill. Ní baol daoibh. Sea, isteach féna mbolg. Ní baol daoibh. Féachaigí mar seo.' Agus chuaigh an captaen isteach faoi chapall buí. Chuaigh Rick faoi chapall rua, agus Tuggaí faoi cheann dubh. 'Sea,' arsa an captaen, 'beidh linn. Fanaigí fúthu. Sea, mar sin.'

Tháinig beirt phóilín isteach, duine acu ana-mhór, ana-ramhar ar fad. Gach uair a labhair sé dhein sé crios a bhríste a shocrú is a athshocrú.

'Ar chuala tú guthanna?' arsa duine díobh.

Ní fhaca na póilíní an triúr mar bhí falla sa tslí, ach bhí an triúr sin ana-bhuartha ar fad. D'fhéach an cop ramhar ar na capaill agus d'fhéach na capaill thar n-ais. Ní raibh sé róshásta leis an bhféachaint a thug siad air. 'Sid, conas a fhéadfadh éinne capall a ithe? Tá sé damanta. Agus cuimhnigh ar an rogha atá agat. Uan! Coróin uaineola agus é rósta, le prátaí friochta agus cáis leáite orthu, agus oinniúin friochta agus muisiriúin tríothu agus — ba bheag nár dhearúdas é — cáis leáite anuas orthu. Agus anlann mex te, le hoinniúin friochta, agus beagán cáise leáite anuas orthu. Jeez, Sid, ní féidir liom fanúint i bhfad eile anseo.'

Tháinig oibrí isteach agus chas sé an sconna agus siúd uisce ag spré ar fud na háite. Bhí eolas ag an gcaptaen ar chapaill agus ní raibh sé róshásta leis an bpíosa eolais seo. D'fhéach sé go tapaidh ar na capaill eile. Bhí an ceart aige. Thosaigh capall amháin díobh ag scaoileadh a mhúin.

'Seachain,' arsa an captaen leis an gcuid eile.

'Seachain cad é?' arsa Tuggaí. Thosaigh capall taobh leis ag scaoileadh — d'fhéach Tuggaí air agus ródhéanach a thuig sé mar d'fhéach sé suas os a chionn agus a bhéal ar leathadh agus stealladh mún te isteach ina bhéal is síos ar a chuid éadaigh. Thosaigh sé ag casachtaigh agus chuala na póilíní é.

'Go bhfóire Dia orainn, Sid! Féach, lucht cearta ainmhithe.' Bhí an triúr á bhfliuchadh fén am seo, agus Tuggaí nach mór ag screadaigh le déistean.

Sheas an captaen suas. 'Bhíomar ag lorg airgid. Thit sé anseo ó chianaibh....' Tháinig an triúr amach as an loc agus iad maolchluasach go leor. Chuir boladh an mhúin déistean ar an bpóilín ramhar.

'Tá sé seo danartha amach is amach. Lucht cearta ainmhithe ag ól mún na gcapall!'

'Ó, a oifigigh, ní hea in aon chor. Timpiste ba ea é sin.'

'Dein iad seo a ghabháil, Sid!'

'Fanfaidh mé,' arsa an póilín eile, agus greim aige ar a shróin, 'go dtí go mbeidh costaisí speisialta á ndíol ag an Royal Canadian Mounted Police as mún capaill.'

'Ní bhainimid le lucht cearta ainmhithe,' arsa Tuggaí.

'Cad é an gnó atá agaibh anseo, más ea?' arsa an póilín ramhar.

'Turasóirí sinn,' arsa an captaen.

'Breá liom é sin a chloisint mar tánn sibh chun turas breá fada a dhéanamh agus tosaíonn sé díreach anseo. Sea, bí ag priocadh libh as an áit seo.' D'imigh an triúr, gafa ag an mbeirt phóilín.

Níorbh fhada go dtáinig oibrithe isteach agus thiom-
áin siad na capaill a bhí fágtha as na loic. Sin é an uair a
chonaic oibrí amháin go raibh ceanrach ana-ghleoite á
caitheamh ag Gealach. Bhí sé déanta de mharacó dearg.
'Ní bheidh aon ghá aici leis seo, san áit ina bhfuil sise ag
dul.' Bhain sé di é agus chuir sé é ar crochadh ar cheann
de na colúin adhmaid a bhí in aice leo. Ansin suas an
gangplank leis na capaill go léir agus isteach sa long.

Thiomáin Jack an casán síos idir na longa agus an tseid
mhór, an áit ina raibh na gníomhaithe ag léirsiú. Ní raibh
éinne ann, cuma thréigthe ar an áit ar fad. Ach an méid
seo — thuig siad capaill agus thuig siad go raibh capaill
tar éis a bheith anseo, ana-chuid acu. Bhí boladh na
gcapall go trom ar an aer.

'D'fhéadfadh na capaill bheith in aon áit. Curtha ó
dheas go dtí Halifax nó....' Díreach ansin chuala siad mar
a bheadh piléar as gunna.

'Cad é sin?' arsa Liz.

Níor fhreagair Jack ach chuardaigh na súile na loic is
na longa is gach áit — ní raibh aon rud ann. Go dtí go
bhfaca Liz duine amháin agus é mar a bheadh sé i
bhfolach idir dhá choirnéal ag ceann na seide. Dhruid
siad sall chuige.

'Caithfimid a bheith cúramach anseo,' arsa Liz. 'Dúirt
Cathy liom go raibh cuid de lucht cearta ainmhithe
garbh go leor.'

'Tá siadsan ar thaobh na gcapall cosúil linn féin,' arsa Jack.

Bhí an fear a bhí i bhfolach ag faire orthu agus gearrthóir boltaí ina láimh aige.

'Gaibh mo leithscéal, a dhuine chóir,' arsa Liz, 'ach an gníomhaí tú le cearta ainmhithe?'

'An spíodóirí sibhse?'

'Ní hea in aon chor,' arsa Jack. 'Táimid tar éis cúpla capall a chailliúint. Aon seans go mbeadh siad feicthe agaibhse?'

D'fhéach an fear tamall ana-fhada orthu sarar labhair sé.

'Ok, cad atá uaibh? Níl aon eolas agamsa ar chapaill ach a gcearta. Chonaic mé an t-uafás capall anseo inniu agus sna loic.'

'Cad iad na dathanna a bhí orthu?'

'Gach dath!'

'Bán?'

'Sea, bán, ana-chuid díobh bán.'

'An raibh aon cheann dubh?'

'Bhí a lán dubh. Agus ceainnín beag a bhí ana-dhubh.'

'Searrach?'

'Níl a fhios agam cad is searrach ann. Ceann beag ag diúl capaill eile?'

'Sea, go díreach,' arsa Liz.

"Leithscéal, caithfead imeacht. Ach chonaic mé a leithéid, capall mór bán agus ceann beag....'

'Dubh?'

'Sea, dubh, ceapaim, 'leithscéal,' agus ghlan sé leis. D'fhéach siad ina dhiaidh.

'Táimid beagnach ann, a Jack?'

'Aontaím leat ach nílimid cinnte fós. Ach tugann sé misneach dom. Seo, téimis ar ais go dtí na loic cé nach bhfuil éinne ann,' arsa Jack.

Sea, bhí an ceart aige, ní raibh éinne sna loic ach bhí rud amháin a d'inis an scéal go léir dóibh. Liz a chonaic é agus lig sí liú áthais aisti nuair a fuair sí é.

'Féach thuas ceanrach Ghealach, ar an gcolún!'

D'fhéach an bheirt suas ar an gceanrach dhearg agus thuig siad go raibh an nod ba mhó riamh anois acu. Thóg Jack anuas é agus thóg Liz uaidh é agus rug siad barróga ar a chéile agus phóg Liz an cheanrach, agus d'fháisc sí lena leathcheann í.

Thosaigh Jack ag cuimhneamh agus ag scrúdú na háite arís. Sin é an uair a chonaic sé na gangplankanna a bhí caite i leataoibh. Ach bhí gangplank amháin fós ceangailte den long. Ach thuig sé gur ceann é sin do dhaoine.

Dá bhrí sin, na cinn eile ba d'ainmhithe iad agus láithreach bonn ina shamhlaíocht chonaic sé na capaill ag dul suas iontu. Agus bhí an scéal aige.

'Liz, tá siad sa cheann seo.' D'fhéach an bheirt acu ar an long ar feadh tamaill fhada.

'In ainm Dé cad is féidir a dhéanamh anois? Sinne beirt bhochtán i gcoinnibh lán na loinge de mhairnéalaigh?'

'Sin é an chead uair a chuala mé éadóchas uait, a Liz, agus aithne ceithre bliana déag agam ort.' Shuigh Jack síos ar ghangplank is bhuail sé a lámha féna smig. Sin é an uair a chonaic sé an bhoth fóin thall i gcúinne na seide. 'Seo, a Liz, téanam,' ar seisean agus gan aon mhoill bhí siad istigh sa bhoth.

'Glaoigh ar Jane led' thoil.' Rud a dhein sí.

'Jane, Liz anseo, táimid i ... Jane, táimid ok, agus tá.... Jane, ná bí ag gol, is mise ... Liz atá ann, táimid i gceart ... tá....'

Bhain Jack an fón di, "Leithscéal, a Liz. Heileo, a Jane a chroí, conas tánn tú féin ar dtúis?'

'Jack, tá an teach bainte dínn,' agus phléasc sí amach ag gol.

'An teach bainte dínn, agus conas go bhfuilimid ag caint ar an bhfón tí?'

'Mar d'fhéadfaidís teacht aon nóiméad anois.'

'Cá bhfuil Daid?'

'Níl Daid rómhaith, tá sé sa leaba.'

'Jane, éist go cúramach liomsa anois. Tá ár láirín againn agus cá bhfios ná go bhfuil an searrach ina teannta. An gcloiseann tú? a Jane. Tá Gealach againn.'

'Ach ní bheidh sibh anseo in am!' agus phléasc sí amach arís.

'Beimid ag an dteach maidin amárach go luath ar a dhéanaí. Anois, Jane, múscail Daid agus abair leis go gcaithfidh sé na baincéirí a choinneáil ón dteach go dtí maidin amárach.'

'Ní féidir, tá sé breoite.'

'Táimid go léir breoite,' scread Jack isteach sa bhfón agus d'fhéadfaí é a chloisint ar fud na ndugaí. 'Fágaim fút é, a Jane. Fáigh é, duisigh é, agus abair leis na baincéirí a stopadh go dtí maidin amárach. Beimid agus an sorcas ag baile fén am sin.'

'Beidh an teach imithe fén am sin agus....'

'Ní bheidh an teach imithe,' arsa Jack de scread eile, rud a stop na colúir a bhí ag crónán sa tseid. Lean sé den mbéiceach. 'Sé mo theach é agus dar so súd beidh fuil is míle murdal ann má bhíonn sé imithe nuair a rachaidh mé abhaile ar maidin. An gcloiseann tú mé?'

'Cloisim, a Jack, ach ... bhuel. Ok, gheobhaidh mé é, ach, ach, an bhfuil sibh ok? An bhfuil ite agaibh, an bhfuil?'

Shnap Liz an fón as láimh Jack agus scairt sí isteach sa bhéalóg, 'A Jane, a chroí, tabharfaimid an-aire don Volks duit.' Agus d'fhág sí uaithi an fón.

'Tá go maith, anois uimhir a dó,' arsa Jack. Shiúil siad síos go dtí an long agus suas an gangplank. Bhí scanradh ag teacht ar Liz agus í ag féachaint ina timpeall.

'Bí cúramach,' arsa Jack. 'Má cheapann siad go bhfuilimid le cearta ainmhithe caithfear thar bord amach sinn.'

'Níl sé sin ag cabhrú liom in aon chor. Ó, a Jack, féach thuas!' Thuas ar fad bhí capall tar éis a ceann a chur amach tré fhuinneog loinge.

'Tá sí ag féachaint orainne,' arsa Liz. Ach ní i bhfad a fágadh sa bhfuinneog í mar scinn sí as radharc. Bhí an clapsholas ag titim agus na scáthanna ag síneadh agus cuma thaibhsiúil ag teacht ar an long.

Bhain siad barr an ghangplank amach agus sin é an uair a chuala siad an t-urchar as gunna. Stad an bheirt acu.

'Hé, b'in gunna! Cad atá ar siúl?' arsa Jack.

'A Jack, nílimse ar mo shuaimhneas anseo.'

'Ní baol duit. Táimse leat. Tabhair dom do lámh.'

Thosaigh siad ag dul síos staighre, staighre bíse is an duairceas ag casadh leis na ceiméanna. Bhí solaisíní caocha ag lasadh na háite beagán — ach ba ag lasadh na hainnise a bhí siad.

'Tá an fána seo ana-ghéar.'

'Taoidí Fundy, na taoidí is aoirde ar domhan.'

'Agus tá sé spridiúil.'

'Táimid gafa i scéal taibhseoireachta.'

'Ná habair rud mar sin. Tánn tú 'om scanrú!'

'Táim ag ligint orm ná fuil scanradh orm féin.'

'Tá na fuinneoga mar shúile.' Bhí siad ag cur straidhn ar na súilibh ag iarraidh an dorchadas a thomhas.

'Seans,' arsa Jack 'go dtabharfaidh sé seo síos go bolg na loinge sinn?'

'Síos go hIfreann, b'fhéidir. An raibh tú i ndáiríre nuair a dúirt tú go gcaithfidís thar bord sinn?'

'Seo, faighimis na capaill!' Lean siad leo síos síos tríd an ndorchadas agus, an t-am go léir, an tost aisteach go dtí gur leag Jack ceaig.

'Éist, cad a dhein an fothram san,' arsa guth aníos as an nduibhe.

'Ní faic é, Al. Capall b'fhéidir. Tá a fhios agat cá bhfuilir. Níl aon éaló as an áit seo.'

'Níl, Bert, mar a deir an leabhar maith, as Ifreann níl aon éaló.'

D'fhéach Jack agus Liz ar a chéile agus ba léir go raibh siad ar tí teitheadh. Go hobann tháinig dáiríreacht thar an ngnáth isteach i súile Liz agus ar sise, 'Jack, an mbolaíonn tú aon rud?'

'Aoileach capall?'

'Ní hea mhuis, ach bainne lárach.'

Ar deireadh thiar bhí bolg na loinge bainte amach acu. Chonaic siad na capaill agus bhraitheadar láithreach orthu gur thuig na capaill an chinniúint a bhí rompu. Agus bhí na capaill ag stánadh orthu amhail is gur thuigeadar cé bhí acu. Bhí na súile ag glioscarnach thar an ngnáth toisc gan ach caochsholas a bheith sa long.

'Féach na súile sin,' arsa Jack de chogar. 'Tá siad sceimhlithe as a n-anam.'

'Jack, féach thall sa chúinne, Gealach.'

'Liz, tá sí ag tabhairt rabhaidh nó comhartha éigin dúinn.' D'fhéach an bheirt uirthi, agus bhí a fhios aici go raibh siad ag féachaint uirthi. Ach bhí rud éigin ar bun aici.

Díreach ansin is ea chuala siad coiscéimeanna aisteacha ag teacht féna ndéin. Thóg capall a ceann; coiscéimeanna miotail ar mhiotal, aníos pasáiste éigin, ach iad ag teacht chucu. Chonaic an bheirt an pasáiste a bhí ag teacht aníos as bolg na loinge go dtí áit na gcapall, agus na coiscéimeanna miotail ag dul i ngéire is i gcaoile. Agus gach coiscéim díobh ag baint macalla as an long. Ar deireadh tháinig an fear isteach in áit na gcapall agus an bheirt imithe i bhfolach laistiar d'uchtóg tuí. Bhí téad fhada ina láimh aige agus gunna de shaghas gafa ina chrios. Fear mór ramhar gránna a bhí ann, dar le Liz, ach bhí sí scanraithe as a beatha agus rug sí ar láimh Jack agus bhain fáisceadh as.

Bhí an fear ag féachaint ar na capaill agus ag caint leo. 'Sea, cé a bheidh agam an turas seo? Sea, cé a thiocfaidh liom?' Thuig na capaill cé a bhí acu agus thosnaigh siad ag éaló uaidh, rud a dhein clampar uafásach.

Sa deireadh dhein sé iarracht breith ar Ghealach ach shleamhnaigh sí uaidh. Agus cad a bheadh le feiscint ach an searrach. Bhí sí ag cosaint an tsearraigh. 'Tá go maith, a chapaill,' arsa an búistéir. 'D'éalaigh tú uaim an turas seo ach béarfaimid ort an chéad turas eile.'

Rug sé ar chapall bán leis an dtéad is tharraing isteach sa phasáiste í. D'fhéach an capall thar n-ais uair amháin sarar imigh sí as radharc isteach sa dorchadas. D'éist gach éinne leis an bhfothram a bhain na crúba as an iarann, ansin tar éis tamaill tost. Lean an tost. Ansin pléasc urchar as gunna, ansin rud éigin trom ag bualadh an urláir iarainn. Léim na capaill go léir agus léim an bheirt. Ansin rud ait. Chas na capaill go léir is d'fhéach siad ar an gcúpla.

'Íosa Críost, a Jack, ar chuala tú é sin?' Níor fhreagair sé í mar bhí sé imithe sall go dtí Gealach agus é ag cogarnach os íseal léi. Rith sé na lámha ar a cliatháin, ansin a muineál, agus a hucht. D'aithnigh sí é, ach bhí an searrach scanraithe. Níor bhain sé leis.

Bhí Liz díreach ar tí dul sall go dtí Gealach nuair a thosaigh an cibeal sa phasáiste arís, an turas seo ní ba ghránna. Agus iad chomh mall sin go raibh súile na gcapall ag faiteadh leo. Chuir Liz na lámha ar a cluasa, agus dhún sí na súile. Ba é an scéal a bhí ag Jack ná gur thosaigh sé ag cuardach an urláir d'uirlis éigin chun é féin a chosaint.

Go hobann bhí an búistéir ansin rompu, agus an téad á luascadh ina láimh aige. Ba bheag nár léim sé ar Ghealach, ach capall ráis ba ea í, agus d'éalaigh sí gan stró. Ach rug sé ar an searrach! D'fhéach Jack, Liz, agus Gealach, agus a mbéal ar leathadh ar an searrach.

Scread sé síos ar a chompánaigh, 'Hé, a Bhill, tá capall ana-bheag agam anseo, an-bheag....'

'Sin searrach, a amadáin. Níl aon searrach uainn ach capaill mhóra fheolmhara!' Go hobann chualathas bonnán ag séideadh go domhain sa long.

'Sin deireadh leis an seal oibre! Ok, beidh beoir againn le chéile.' Chas sé ar na capaill agus scread sé orthu. 'Hé, a chapalla, beimid chughaibh ar an gcéad sholas maidin amárach.' Chroch sé an téad ar thairne. Chas sé ar Ghealach, 'Agus tusa, a láir, tusa chun tosaigh ar maidin.'

Agus scaoil sé uaidh an searrach agus gan aon mhoill bhí sé ag cliathán a mháthar. D'imigh an búistéir agus d'fhan gach capall go dtí an choiscéim dheiridh. Nuair a bhí sé imithe bhraithfeá an teannas a scaoil gach capall uaidh. Agus an bheirt. Ach bhí na capaill arís ag féachaint ar an gcúpla.

'Scaoil amach as an áit seo mé. Níl aon oidhre air ach Ifreann,' arsa Liz.

'Mise, freisin,' arsa Jack.

'Seo fágaimis an áit, gheobhaimid cabhair.'

'Ok,' arsa Jack, 'seo leat.' Agus rith an bheirt chun an staighre. Isteach sa dorchadas leo agus suas na céimeanna. Ansin stad siad agus d'fhéach ar a chéile.

'Cá bhfaighimid an chabhair?' arsa Jack. 'Níl aon chabhair fanta i Daid.'

'Na póilíní.'

'Fadhbanna. Déarfaidh siad nach linn an láir a thuilleadh ach leis an mbanc. Ropairí sinn, chríochnóimid i bpríosún!'

'Ok,' arsa Liz, 'téimis ar ais go dtí na capaill, ar feadh cúpla nóiméad. Níl acu anois ach sinne.'

Ar ais leis an mbeirt agus bhí na capaill go léir ag feitheamh leo. Chuaigh siad go dtí Gealach agus an searrach, agus rinne Jack í a thástáil i gcomhair bainne. Bhí sí chomh tirim le seanbhróg. Ach thug Liz faoi ndeara go raibh cúr ar dhraid gach capaill díobh.

'Uisce!' ar sise. Ach b'in fadhb.

'Á,' arsa Jack, 'sin é é. Gan bhia, gan uisce, mar táthar chun iad a mharú.'

'Jack, nílim ábalta ar é seo a thógaint. Táim scanraithe, scanraithe, scanraithe!' Bhain na focail macalla as bolg na loinge agus thabharfá an leabhar gur thuig na capaill.

'Tuigim. Ach ar dtúis uisce, a Liz. Cá bhfaighimid uisce?' Thosaigh an bheirt acu ag cuardach na háite agus fuair Jack píobán. Bhí uisce ann nuair a chas sé an sconna ach uisce te a bhí ann. Tar éis tamaill rith sé fuar, ansin ana-fhuar ar fad agus fén am sin bhí deich gcinn de dhabhaich aimsithe ag Liz. Ansin thosaigh an t-ólachán, an slogadh agus an clabadh siar. 'Dhéanfadh sé maitheas duit éisteacht leo.'

'Seo, Jack, amach as an áit seo linn anois,' agus a dhá láimh ar a haghaidh. 'Maróidh siad sinn.' D'aontaigh Jack léi ach mhínigh sé di nach bhfeicfeadh siad Gealach go deo arís dá n-imeoidís anois. Thuig sí ach ba bhrú ar eagla é.

'Maróidh siad sinn!'

'Tá plean agam. Éist go fóill.'

Shuigh an bheirt síos ar an uchtóg tuí agus diaidh ar ndiaidh mhínigh Jack an plean. 'Tá doras anseo ar thaobh na loinge. Tháinig na capaill isteach an doras san. Ní féidir leo dul amach anois mar tá an ché rófhada thíos. Táimid ró-ard os a cionn — na taoidí. Ach ar ball casfaidh an taoide agus ansin beidh tuairim is ceithre uair an chloig againn ag feitheamh.'

'Ag feitheamh go dtí go mbeidh an doras seo ar leibhéal na cé!'

'Tá sé agat. Go hiontach! Bhfuil tú sásta feitheamh?'

'Tá eagla orm, a Jack.'

'Ní gá aon eagla a bheith ort anois, mar tá na hoibrithe go léir imithe.'

Níor fhreagair sí ach ní raibh sí cinnte. 'Agus is fiú é an feitheamh. Níl aon rud againn anois. 'dTuigeann tú? Níl aon rud againn anois, athair, teach, feirm, jíp, seanmháthair, madraí, capaill. Míorúilt. Caitheann tú seans a thabhairt do na míorúiltí. Agus chífidh tú — gheobhaimid na rudaí sin go léir ar ais — mise a rá leat.'

'An dóigh leat go bhfuil seans againn?'

'Táim cinnte de, a Liz.'

Bhain sé tamall fada di ach sa deireadh tháinig sé. 'Tá go maith. Táim leat.'

'Ar fheabhas, a Liz'

Shiúil siad go dtí an doras mór iarainn a bhí ar chliathán na loinge agus thaispeáin Jack na boltaí di. Trí cinn de bholtaí a bhí ann. Tharraing sé ceann amháin, ansin ceann eile. 'Sin é an tríú ceann. Nuair a bheimid in aice na cé, tarraing é sin. Titfidh an doras ar an gcé, agus siúlfaidh na capaill abhaile go deas socair.

D'imigh Liz ansin timpeall go dtí na capaill go léir is labhair sí leo ina gceann is ina gceann. 'Táimid chun cabhrú libh. Éalóimid go léir. Beimid go léir ag dul abhaile.' Agus rith sí a lámha orthu timpeall agus timpeall go dtí go raibh siad go léir déanta aici — tuairim is daichead.

Fén am seo bhí an clapsholas imithe agus deargóíche tar éis titim. Ach sheas na solaisíní caocha istigh sa long agus dhein siad taibhsí de na capaill.

'Féar! Tá féar agam!' scairt Jack amach agus é i
gcúinne éigin den áit. 'Cabhraigh liom, a Liz.'

Ba bheag nár léim na capaill orthu nuair a fuair siad
boladh an fhéir. Thug sé féin agus Liz tuairim is deich
gcinn d'uchtóga féir isteach go dtí na capaill agus ghearr
siad na cordaí a bhí orthu. Idir a dhóthain uisce agus
neart féir bhí na capaill seo ar mhuin na muice. Sheas an
bheirt taobh leo agus aoibhneas orthu agus iad ag baint
taitnimh as itheachán na gcapall.

Thástáil Liz Gealach féachaint an raibh deor bhainne
ag titim. Bhí fliuchras de shaghas éigin ann, bainne ar a
méar. Thug sí an mhéar go dtí an searrach agus thóg sé
an mhéar go tapaidh agus lean sé í ar ais go dtí a mháth-
air. Bhí dóthain bainne aici tar éis an fhéir agus an uisce.
Bhí sé tábhachtach go mbeadh dóthain bainne ag an
searrach mar bhí turas le déanamh. Is é sin dá mbeadh
an t-ádh leo. Bheadh!

Thosaigh an díoscán, gach ceann díobh ag teacht as
bolg na loinge, gach díoscán díobh ana-dhomhain, ana-
láidir. 'Wow,' arsa Jack, 'an taoide!'

'Bhfuil sé ag casadh?'

'Tá, ambaist,' arsa Jack, 'agus tuairim is cúig uair an
chloig againn síos go dtí an ché. Liz, codladh. Abair
ceithre uair an chloig.' Ní raibh aon troid ina choinnibh
sin. Bhí Liz ag sranntarnach sa tuí gan aon mhoill. Ní
raibh Jack i bhfad ina diaidh. An fhaid a bhí siad ina
gcodladh bhailigh na capaill mórthimpeall orthu amhail
go raibh siad chun aire a thabhairt dóibh.

Leasmuigh den long bhí taoidí Fundy ag rásaíocht leo thall is abhus ag iarraidh an fharraige mhór a bhaint amach dóibh féin mar bhí an t-am istigh — bhí casadh na taoide ann.

Istigh sa long bhí sé deas socair, gan d'fhothram ann ach na capaill ag mungailt an fhéir, agus corrdhíoscán as an long. Go hobann chualathas scread agus tógadh na cloigne go léir, capaill is cúpla. Ansin chualathas doras á phlabadh, ansin ciúnas agus thit na cloigne síos arís. Tost. Tháinig an ré amach, chuaigh an ré isteach. Lean an oíche go deas béasach.

Tharla rud ansin, nó ba cheart a rá nár tharla sé. Stop an díoscán. Dá bhrí sin stop an long ag ísliú. Dá bhrí sin stop an taoide. Dhúisigh Jack agus rith sé go dtí an fhuinneoigín loinge féachaint cad a bhí ar bun. Bhí an taoide stoptha.

Lean sé ag féachaint mar bhí tamall eile le dul ag an long síos. Ansin in áit éigin, díoscán beag eile. Ach b'in an méid. Bhí a chroí ina bhéal ag Jack mar an eagla a bhí air ná go raibh botún déanta aige. Má bhí sé stoptha bhí deireadh leis an mustar.

Díoscán! Agus ceann eile. Agus bhraith gach éinne go raibh an long ag socrú síos. Ní raibh ann ach foghal — nó tonn thar n-ais — leath ama mar a déarfá. Bhí dhá uair an chloig eile, mheas sé, agus seo leis ar ais go dtí an tuí. Bhí sé ina shámhchodladh i bhfaiteadh súile.

Bhí mar bheadh léas solais de shaghas éigin ag gluaiseacht trí na fuinneoga. Thuig na capaill go raibh lá nua déanta dóibh agus ba rud é a chuir easpa socrachta orthu. B'in an rud a dhúisigh an cúpla. Léim Jack go dtí an fhuinneog, agus tháinig lagmhisneach air nuair a chonaic sé nach raibh an doras síos go dtí an ché. Plabadh doras in áit éigin agus léim Jane troigh san aer. 'Ó, a Íosa, tá sé thar n-ais, an diabhal búistéara san!' Rith sí go dtí béal an phasáiste is d'fhéach isteach. Ní raibh éinne ann ach bhí daoine ag múscailt sa long. Bhí an chéad amhscarnach de sholas ann. Ba é seo lá na cinniúna.

Tháinig Jack thar n-ais agus plean eile aige. Thaispeáin sé an bolta deiridh do Liz arís.

'Nóiméad amháin, Jack. An mbeadh siad ábalta léimt go dtí an ché?'

'Bhrisfí cosa, agus cnámha. Ní hea. An féidir leat an bolta san a scaoileadh nuair a deirim leat é a scaoileadh? Beidh mé leasmuigh den long ar an gcé.'

'Ó, fan go fóill! Nílim chun fanúint anseo im' aonar!'

Rug sé ar láimh uirthi. 'Ní bheidh mé ach leathnóiméad. Scaoil an bolta. Titfidh an doras, agus tiomáin na capaill go léir as an áit dhamanta seo, ok?'

D'fhéach sí ar an bpasáiste.

'Tabharfaidh mé geallúint duit. Déanfaidh mé tú a chosaint. Ní baol duit. Nílim chomh láidir leis an mbúistéir, ach táim níos fíochmhaire ná é.'

'Ok, a Jack.'

'Ok, téir sall go dtí an doras agus fan lem' ghuth, ok?'

D'fhéach sí ar phasáiste an bhúistéara. 'Ok, Jack,' ar sise go lag.

Ba bheag nár theith Jack suas an staighre bíseach agus bhí sé imithe. Anois thosaigh an sceimhle ag tabhairt fúithi. Ní raibh sí riamh chomh huaigneach is a bhí sí anois. Lean sí de bheith ag féachaint ar phasáiste an bhúistéara, ach díreach ansin chonaic sí ceanrach Ghealach agus thóg sí í is chuir uirthi í.

Plimp! Bhuail bróg throm tairní an t-urlár miotail istigh sa phasáiste. Léim macallaí ar fud na loinge. Agus arís! 'Go bhfóire Dia orainn! Seo chughainn an tromluí sin,' arsa Liz. 'Cad a dhéanfaimid?'

Tháinig an freagra díreach in am ón dtaobh amuigh den long. 'A Liz, tarraing an bolta, go tapaidh!'

Rith sí chuige agus, slán beo mar a n-instear é, bhí sé ró-ard di. Léim sí ach bhí sé ró-ard. Ach rith smaoineamh chuici. Rith sí go dtí Gealach is chuaigh sí in airde uirthi is thug sí sall go dtí an bolta é. Tharraing sí — bhí sé greamaithe. Thosaigh na capaill ag léimreach as casán an bhúistéara agus beagnach anuas ar Ghealach. Bhéic Jack. 'Tarraing leat, a dhiabhail, in ainm Dé!' Scaoil sí é! Baineadh díoscán uafásach as an ndoras agus é ag titim. Thuig Liz láithreach an cruachás ina raibh siad. Bhí an léim a dhéanfadh na capaill rómhór ach bhí Jack tar éis an Volks a thiomáint isteach fén ndoras. Tháinig an doras anuas ar an Volks agus dhein sé tuargain ar an Volks agus léim ceithre cinn de bhoinn amach as fén Volks. Shéid na fuinneoga, shéid an gaothscáth, agus an streachailt a bhain an doras as an miotal b'uafásach é.

Ach sheas an Volks agus choinnigh sí an doras suas

agus anois ní raibh ach léim dhá throigh le déanamh ag na capaill. Rud a dhein siad go tapaidh, Gealach ar dtúis agus a marcach uirthi, ansin ina diaidh na capaill eile le chéile ina sconna pléascach. Gach ceann díobh, rua, buí, bán is dubh ina n-abhainn dathanna agus thabharfá an leabhar go raibh arm sna dugaí.

Bhí Liz díreach chun bailiú léi as an áit ach ní bhog-fadh Gealach. Scread Jack uirthi. 'Féach an searrach!'

Chonaic sí é, é ina sheasamh sa long i mbéal an dorais agus é ina aonar agus scanradh air roimh an léim.

'In ainm Dé, léim!' arsa Liz.

Agus cé a thaispeáin é féin laistiar de ach an búistéir agus téad aige. Ach chuala an searrach é agus d'iompaigh sé agus chonaic sé é agus baineadh geit chomh mór san as gur thit sé ar an ndoras agus rabhláil sé agus shleamh-naigh sé an chuid eile den aistear go dtí gur thuirling sé ar a thóin ar an gcé.

Scread an cúpla le háthas. Léim Jack ar cúlaibh agus as go brách leo síos na sráidíní a bhí sa chalafort seo. Lean an searrach ag sodar laistiar. Go dtí go dtáinig siad chomh fada leis an tsráid deiridh. Agus tharla sorcas ansin. Stop Gealach mar thuig sí go raibh bainne ón searrach agus ar bholg na sráide thosaigh an searrach ag diúl is ag súrac ar a dhícheall. Agus bhí an ceart ag Geal-ach mar thuig sí go raibh bóthar fada rompu.

Daoine a bhí ag ithe an bhricfeasta tháinig siad go dtí an doras chun an sampla máithreachais seo a fheiscint. Ach níor bhain an cúpla a súile den tsráid thíos mar thuig siad go mbeifí ina ndiaidh. Nuair a bhí deireadh ólta chas Gealach ón searrach agus as go brách leo amach fén dtuath agus aghaidh ó thuaidh acu mar a raibh an baile.

Chomh luath is a chonaic Liz teach La Tour ar bharr an chnoic thosaigh sí ag gol go faíoch. 'Mheas mé nach bhfeicfinn go deo arís é,' ar sise le Jack.

Bhí Bill ar an bhfón go dtí na baincéirí. Bhí cuma cheart bhreoite air agus d'aithneofá ar a ghuth nach raibh an tsláinte go maith aige. Bhí sé tar éis iontaoibh as féin a chailliúint, agus pé dóchas a bhíodh aige as an bhfeirm agus as an dteaghlach bhí sé anois séidte as ag imní seasmhach na gcapall agus é tnáite go maith as bheith a chosaint féin ar na baincéirí. Chuir sé a lámh ar an mbéalóg agus ar seisean le Jane, 'Níor inis mé riamh an oiread san bréaga — thar a bhfaca tú riamh.'

'Lean ort,' ar sise, 'leis na bréaga. Níl idir sinn agus teach na mbocht ach na bréaga. An mbeidh an tósta seo agat?'

'Beidh,' ar seisean, 'tar éis dom críochnú leis an bhfear seo.'

'Sea, a David, níor inis mé é sin duit, ach tá an searrach cláraithe agam, agus cuimhnigh gur Fiddlers Gold an t-athair agus Atlantic Moon an láir. Agus David, a mhic mo chroí, is linn an searrach agus an láir. Sea, sea, cinnte, tabhair leat na páipéir go dtí an teach seo ar a trí. Sea, a trí a chlog. Ok, beimid ag caint.'

D'éirigh Bill is shiúil go dtí cóifrín. 'An t-uisce beatha deireanach. Jane, bain taitneamh as an dteach seo. Thaitin sé leat i gcónaí. Tá ceithre uair an chloig eile agat. Ina dhiaidh sin cá bhfios cá mbeimid.'

Shuigh Jane síos is scaoil sí racht goil amach — go dtí gur airigh an bheirt acu torann na gcrúb leasmuigh. Ní raibh aga acu machnamh a dhéanamh mar seo isteach go breá neafaiseach Atlantic Moon agus shnap sí an tósta as an dtóstaer. Chloisfí an cnagadh a thug sí don dtósta i bhfad ó bhaile. Ba bheag nár thit Bill i bhfanntais. D'éirigh sé agus scrúdaigh sé an láir féachaint cé a bhí aige. Ansin labhair sé os íseal. 'Dia go deo linn, is í Gealach í, ina steillbheathaidh, slán. Ní chreidim é.'

'Íosa Críost, féach amuigh, a Bhill!' arsa Jane. Sea, cad a bheadh i mbéal an dorais, ach é ana-chúthalach, ach an searrach macánta.

Isteach leis an gcúpla agus mórtas orthu. 'A Dhaid, a chroí,' arsa Liz, 'ba mhaith liom thú a chur in aithne don La Tour is óige sa teaghlach seo, Atlantic Sun.'

A CHRÍOCH SAN

Hula Hul

Seán Mac Mathúna

"Ciarraí, 1923. Ar bharr an choma thuas chas sé agus d'fhéach sé thar n-ais. Bhí sí fós ann, le hais an tobair, is a buicéidín aici is í ag féachaint suas air. D'fhéach sí beag, leochaileach, uaigneach. Thuig sé na trí rud san go maith. Ní raibh sé riamh le bean." Insíonn Seán Mac Mathúna scéal Mhait Dálaigh, fear nach raibh riamh le bean; scéal Cháit Bhric, bean óg a bhfuil a saol caite aici ag sclábhaíocht; agus scéal Bhreen, ógánach slachtmhar a bhfuil a chrois féin le hiompar aige trí shneachta shléibhte Chiarraí agus é ina chogadh dearg ar gach taobh de.

"Leabhar aoibhinn.... Ní leagfaidh tú uait an leabhar seo. Tá greann, seanbhlas, traidisiún, nualaíocht, nádúr, agus céad ceist nua sa leabhar seo. Dúiseoidh ainmneacha sa leabhar seo taibhsí as beatháisnéisí ón tréimhse sin ort ach is daonna go mór na carachtair anseo." —*Máire Ní Fhinneadha, Foinse*

"Tuigeann Mac Mathúna síceolaíocht; tuigeann sé éad, saint, sotal, urraim agus grá, agus bíonn iomlán léir na nithe sin ag iomarscáil lena chéile sna carachtair a chruthaíonn sé."
—*Pól Ó Muirí, Beo*

"Máistir i mbun pinn." —*Éilis Ní Anluain, The Irish Times*

"Léiriú ealaíonta ar thréimhse chorrach i stair na tíre seo."
—*Lá Nua*